額賀澪

Mio Nukaga

願わくば海の底で

東京創元社

目次

願わくば海の底で

第一話　ガラス片の向こうで　菅原晋也、高校一年の春

その夜、私は火の玉を見た。

先月の中頃に大きな賞を取って話題になっていた伊坂幸太郎《いさかこうたろう》の『ゴールデンスランバー』を、何気なく学校の図書室で借りた。寝る前に冒頭だけでも、と思って読み始めたら止まらなくなってしまった。

私が住む東北を舞台に、首相暗殺の濡れ衣を着せられた男の逃亡劇が繰り広げられるというストーリーだった。伏線に次ぐ伏線。早く真相を知りたくて、ページをめくるのが楽しい。時間が瞬《また》く間に溶けていく。模試の結果がもうすぐ返ってくるな。部活の引退時期についていい加減考えないとな。なんて煩《わずら》わしい悩みは、読書の間だけどうでもよくなっていく。

いけない、そろそろ寝ないと明日も学校だ……我に返ったのは零時過ぎだった。名残《なごり》惜しく本を閉じ、トイレに行った。

部屋を出たところで、廊下の窓から青い光を見た。

私の家は海辺の町の高台にあり、坂を少し下ったところには私が通う県立廻館《まわりたて》高校がある。山肌に沿うように建物が建ち並んでいるから、この家の二階は、廻館高校の校舎の四階と同じくらいの高さになるのだ。

その景色が、私は結構好きだった。日中は校舎の向こうに海が見える。季節によってはっきり色の変わる海と、やっぱり季節によってまとう空気の変わる校舎の組み合わせが、毎日の時間の移ろいを表しているみたいで。

夜は夜で、海は暗闇に飲み込まれて、灰色の校舎がぼんやりと暗がりに浮かんでいる。友人はそれを「え、なんかそれ、怖くない？」と言うが、意外と幻想的でいいものだ。

でも、今日は違った。

校舎の四階を、ふらふらと青い光が浮いているのが窓越しに見えた。暗闇に溶けるような、弱々しい輪郭の光だった。

先生がまだ仕事をしているのだろうかと思ったが、校舎には明かりなど一つも点いていない。廊下を漂った光が、壁の向こうに見えなくなる。しばらく窓から校舎を凝視《ぎようし》していたら、数分後に再び青い光は来た道を戻っていき、廊下の先に姿を消した。さらに待ち構えていたが、いくら待っても青い光はもう現れなかった。

トイレに行くのも忘れ、私は部屋に戻った。ドアを塞《ふさ》ぐように背中を預け、大きく息をつく。

「……火の玉」

やっと声に出せた。あれは火の玉だった。間違いなく、火の玉だった。

意味もなく部屋の中を歩き回って、携帯電話を手に取って開いて閉じてを繰り返す。

一体、何だったのだろう。ベッドに入ってからも、瞼《まぶた》の裏から青い光が消えなかった。溶けかけのアイスクリームみたいなどろっとした青色が、私の眉間のあたりでいつまでもゆらゆらと光った。

自分の通う学校が、いわゆる「学校荒らし」の被害に遭ったと知ったのは、翌朝のことだ。

＊

春の海は桜と同じ色をするときがある。春の穏やかな陽が差し込む角度によって、海面が淡いピンク色に染まる瞬間があるのだ。

その日の朝も、海はほのかに桜色だった。でも、そんなことを気にしていられないくらい、正門をくぐった瞬間からいつもと空気が違った。もうすぐチャイムが鳴るっていうのに、昇降口の方からわざわざ走ってきて「ヤバい！　窓ガラス割られてる！」なんて叫ぶ男子がいる。

二年以上通っているのに、私の知らない色で校舎内の空気が染まっている。言葉にするなら、不穏な青色と、好奇心をまとったキラキラのオレンジ色ってところだろうか。

私の通う廻館高校の校舎は、空から見下ろすと綺麗な「工」の字の形をしている。昇降口から左右に長い廊下が延び、二つの棟を渡り廊下が繋いでいるのだ。

昇降口から見て右手側——職員室や校長室、応接室、進路指導室、面談室、保健室が並ぶ廊下の窓ガラスが、見事に割られていた。先生達と、朝練のために早く登校したらしい運動部の面々が、散らばったガラス片を箒《ほうき》とちりとりで片付けている真っ最中だった。

「はーい、こっちは入っちゃ駄目ね。保健室に行きたい子は二階の廊下を迂回《うかい》して」

廊下の入り口に生物担当の牧《まき》先生が立ち塞がっている。そんなこと言われたって、こちらは好奇心に負けて廊下を覗き込むしかない。一年生も三年生も関係ない。「ほら、じろじろ見ない。危ないから早く教室に行け」と牧先生に促されても、なかなか動かない。

もちろん、例に漏れず私もそうだった。

「ほら岩渕《いわぶち》、お前も早く教室に行け」

「でも牧先生、学校荒らしなんて生まれて初めて見るんですから、そりゃあみんな興味津々になりますよ」

ざらざらと音を立てて片付けられていく割れたガラスが、そんな私達を笑うみたいに白く光った。ガラスの破片が残る窓枠を、五月の緩く暖かい風が吹き抜けていく。廊下に貼られた掲示物が乾いた音を立てて震える。

オープンキャンパスのお知らせ、模試のスケジュール、校則を守ろうという生徒指導部の先生からのありがたいお言葉、「悩みは誰かに相談しよう」という随分と漠然とした優しさを発信するポスター……いろんなものが五月の風に晒《さら》されている。

「いいから、ほら、みんな早く教室に行け。ホームルーム始まるから」

それでも人の動きは鈍い。むしろ登校時間のピークだから人口密度は増していた。

自分の通う学校を荒れていると思ったことはないし、生まれたときから暮らしている町を治安が悪いと思ったことだってない。のんびりとした……のんびりしすぎて一日が三十時間あるんじゃないかと錯覚するような、海辺の町。数十年後には人口激減のために消滅している可能性があると言われる町だ。

栄えているわけではないし、人口も減り続けているし、冬は寒さが厳しいし、私も高校を卒業したら進学のために町を出る。多分、こっちに戻ってきて就職することはない。

いい意味でも悪い意味でも何もない東北の片田舎は、学校荒らしに人生で何度も遭遇するような土地ではない。だからみんな、人生初遭遇の学校荒らしに驚くのと同時に、好奇心で胸が躍っていた。

「うわ、何これ。すごいことになってるじゃん」

背後からぽんと私の肩を叩いてきたのは、同じクラスの大倉紗奈恵《おおくらさなえ》だった。綺麗に外ハネさせたボブカットを揺らし、廊下を覗き込む。

「香子《かこ》さーん、これは一体、どういう状況でしょう」

ふふっと笑った紗奈恵に、私は一言「学校荒らしらしいよ」と返した。

「こっち側の廊下の窓ガラス、全部割られてるみたい」

「マジで？　うちの学校、そんなに治安悪かったっけ？　校舎裏で煙草の吸い殻が見つかっただけで全校集会やる学校なのに？」

あったあった。確か、私達が一年生のときの冬休み直前。生徒の仕業なのかすら未だにわからないけれど、あれ以来記憶に残るような事件は何も起こってなかった。

「すごいねえ。一体誰の仕業なんだか」

紗奈恵が半笑いで肩を竦《すく》めると、チャイムが鳴った。朝のホームルームまであと十分だという合図だ。途端に牧先生が「ほら！　チャイム鳴ったぞ！」と語気を強め、やっと生徒達は動き出した。滅多にお目にかかれない学校荒らしの現場に後ろ髪を引かれながら、教室のある上の階へ向かっていく。

「ごめん紗奈恵、私、ちょっと美術室に行ってくる」

「え、なんで」

「様子見てくる」

先に教室行っててと断り、牧先生に「美術室の鍵、取ってください」と職員室を指さして頼んだ。

「チャイムが聞こえないのか、チャイムが」

顔を顰《しか》めた牧先生だったが、「美術部の部長として、様子を見てきたいんです」と伝えたら、文句を言いながらも鍵を取ってきてくれた。

教室へぞろぞろと流れていく人の波をはずれ、私は渡り廊下を通って、美術室のある四階を目指した。こちらの棟は一階の廊下も、二階も三階も、窓ガラスは割られていなかった。

美術室は、四階の一番奥、廊下の突き当たりにある。高一の四月に美術部に入ってから二年間、週に二、三日、絵を描いて過ごしてきた場所だ。

この四階の廊下からは、私の家が見える。

昨夜、私はあそこからこの廊下に青い火の玉を見た。そして今朝、学校の窓ガラスが割られていた。二つが関係ないなんて——そんなわけがない。

四階は静かだった。窓ガラスもすべて無事で、正直拍子抜けした。勇んで美術室の鍵を開けたけれど、昨日の放課後に来たときと何も変わっていない。

校舎の端に位置する美術室には、山側と海側の両方に窓がある。山側の窓際に、私が昨日の放課後に描いていた油絵が乾かしてあった。閉め切られたカーテンの隙間から、午前中の柔らかい光が一筋、私の絵の上を駆け抜けていた。

木製の枠に貼られたキャンバスに描かれているのは、海に沈む夕日。細部ばかりを気にして絵の具をのせたら、不自然に真っ赤な絵になってしまった。

放課後の校舎から眺める海は、確かに夕焼けに染まって真っ赤になる。でも、こんな赤い絵の具を必死に塗りたくった頭でっかちな赤色では決してないのに。

たいした絵なんて描けないのだから……ていうか、別に、絵を描くのがものすごく好きってわけでもないんだから、そろそろ部を引退して受験勉強に専念した方がいい。自分でもぼんやりそう思っているのになかなか踏ん切りがつかないのは、受験勉強一色の学校生活に尻込みしているからだとわかっている。

とにかく、私の絵に誰かが触れた形跡はなかった。壁に貼られた過去の生徒作品も、棚にしまわれた石膏《せっこう》像も、制作途中の他の部員達の作品も無事だった。

「……なんだ」

美術室に来る途中で覗いた教室も、荒らされている様子はなかった。学校荒らしの犯人は、四階には手を出さなかったということか。

じゃあ、あの青い火の玉は、なんだったっていうの。

普段通りの美術室を見回しても、誰も私の疑問に答えてくれない。

代わりに、静かな廊下から誰かの足音が聞こえてきた。淡々としているのに、どこか飄々《ひょうひょう》としたその音は、美術室の前で止まる。

引き戸が、ぎこちない音を立てて開く。

「びっくりした、菅原《すがわら》か」

顔を覗かせたのは、先月美術部に入部したばかりの一年生、菅原晋也《しんや》だった。

「岩渕先輩でしたか」

短い瞬《まばた》きを繰り返し、菅原は美術室に入ってくる。中学まではバレーボール部だったらしいが、身長がべらぼうに高いわけではない。でも、女子部員の多い美術部では当然のように一番長身だ。

そのせいで、仮入部期間中にもかかわらず高いところにしまわれた画材を取ったり、重い石膏像を運んだりと、先輩達から頼られて……扱《こ》き使われていた。部長の私も、先週ちゃっかり画集棚の整理を手伝ってもらった。

菅原は意外とそういうのが嫌ではなかったらしく、ゴールデンウィーク前に入部届を提出してくれて、連休明け最初の活動日である昨日、正式に美術部に入部した。

美術部では、新入部員が入ったら先輩達がお金を出し合って小さな花束を贈る習慣がある。十年近く前の部長の家が花屋を営んでいて、その人が始めた伝統だと聞いたことがあった。

昨日の放課後、ガーベラとかすみ草で作られた花束を受け取った菅原は、「わあい、嬉しいです」と笑って、「三年間頑張って絵を描こうと思いまーす」とあまり熱意の感じられない顔で抱負を述べたのだ。

「先輩、朝から美術室で何してるんですか?」

愛嬌のある大型犬みたいな顔で首を傾《かし》げた菅原を、私は見上げる。

「菅原こそ」

「置き勉してた教科書を取りに来たんですよ。一階があんなことになってたんで午前中は自習かなと思いきや、普通に授業するみたいですよ」

美術室の端には、美術部員用のロッカーがある。菅原は自分のロッカーから英語の教科書を引っ張り出すと、「派手に割られてましたよねえ」と私を振り返った。

「一年の教室は? 大丈夫だったの?」

三年の教室は四階、二年は三階、一年は二階と割り振られている。二階は窓ガラスは割られてないみたいだったけれど、教室の中は大丈夫だったのだろうか。

「うちのクラスは何も壊されてなかったですよ。まだ全員登校してないから、もしかしたら盗まれたものはあるかもしれないですけど」

「あ、そっか。壊されてなくても何か盗まれてる可能性があるのか。怖っ」

そんな物騒な町じゃないはずなのに。どこかの家に泥棒が入ったなんて話も聞いたことがないし、冬は寒いし雪も降るけれど、それと引き換えに海の幸が美味しい、豊かで平和な町だ。

「でも、多分、何も盗られてないと思いますよ」

うーんと唸《うな》りながら、菅原は英語の教科書を鞄にしまう。

「ていうか、学校荒らしの犯人は校舎の中に入ってないだろうし」

「どうして菅原にそんなことがわかるの」

「だって、割れたガラスが廊下に大量に落ちてたから」

「あ、そっか、じゃあ外から割ったんだ」

先生と運動部が、廊下をせっせと掃き掃除していたのを思い出す。校舎内から割ったなら、破片は窓の外に落ちる。

「それに、何か盗むつもりなら普通は窓ガラスを何枚も割らないじゃないですか。一枚割って、こっそり忍び込めばいいんですよ。金目のものを盗むなら職員室に入った方がいいのに、職員室の窓も引き戸も壊されてないみたいだし」

確かに、夜中の教室に盗みに入ったって碌《ろく》なものはない。誰かが忘れて帰った文房具や、置き勉された教科書くらいだ。

「だから、割るだけ割って、帰っていったんだろうなと思って」

「何がしたくて?」

「さあ。イライラして割ってやりたくなったんじゃないですか？」

でも、それじゃあおかしい。

「学校荒らしの犯人、四階に来てると思う」

私の言葉に、菅原は「俺の話、聞いてました？」とばかりに怪訝《けげん》な顔をする。

「私、見たんだよ。自分の家から、四階に誰かいるの」

「家から？」

そうか、入部したばかりの菅原が知ってるわけがない。

「私の家、学校の裏なの」

校舎裏――山側に面した窓のカーテンを開け、「ほら、あの家」と指さす。校舎の裏手の斜面、ちょうど四階と同じくらいの高さに私の家の二階がある。菅原は「え、あれ、先輩の家なんですか？」と目を丸くした。

「そういえば岩渕先輩、家が学校にめちゃくちゃ近いって言ってましたもんね」

「忘れ物しても休み時間に取りに行けて便利だよ」

言いながら、私と菅原以外誰もいない美術室から廊下に視線をやった。

ここだ。確かにここ。昨夜、私はここに火の玉を見た。

「昨夜ね、四階の廊下を火の玉が美術室の方に飛んでいって、壁の向こうに見えなくなって、数分後に同じように戻って行ったの」

間違いなく、あの火の玉は美術室に向かって行った。手前には美術準備室や工芸室もあるが、窓が途切れた先には美術室の戸しかない。

昨日、窓際に絵を置いたとき、直射日光が当たらないようにとカーテンを閉めた。このカーテンが開いていれば、火の玉が美術室に入ったかどうかまで、家の廊下から見えたのに。

それを菅原に説明してやると、菅原は「えええ……」と眉を寄せた。

「なんですかそれ、怖っ」

「次の日学校に来たら窓ガラスが割られてるんだもん、怖さ倍増だよ」

その上、美術室は荒らされていないだなんて。備品やみんなの作品が無事でよかったのと同時に、不気味さも孕《はら》んでいる。

「もしかして、人間ではなく学校の怪談的な何かの仕業なのでは」

さっきはガラス片の落ちている方向を見て「犯人は校舎の中に入ってない」とまで言ったくせに、菅原はいきなりそんな突拍子もないことを言い出す。

「うちの学校でその手の話は聞いたことないけどなあ」

「でも、先輩はガラスが割られる音は聞いてないんですよね？」

「職員室のある廊下はうちとは距離があるから。美術室からだとちょうど校舎の反対側だし」

「工」の字の形をした廻館高校の校舎で、職員室と美術室はほぼ対角線上の位置にある。しかも四階の最奥にある美術室と一階の職員室は、縦にも横にも離れているのだ。

なのにどうして、学校荒らしの犯人はわざわざ四階の美術室まで来たのだろう。菅原の言う通りで、夜中に忍び込んだって盗るものは何もない。制作途中の作品と、使いかけの絵の具やパレット、過去の部員の作品くらいだ。

「先輩の見間違いじゃなかったら、やっぱり学校の怪談的な何か、もしくはものすごい自然現象が発生したのかも」

「なに、ものすごい自然現象って」

「心霊現象を科学的に解明するってテレビ番組で、物理学の博士だか誰だったかが話してるのを見たことがあるんですよ。火の玉や狐火はプラズマで説明がつくって」

「でも、火の玉とか狐火とかって、赤とかオレンジ色のイメージじゃない？」

「オーロラもプラズマの発光らしいんで、その気になれば青い火の玉も作れるんじゃないですか？」

そう言われたら、可能性はゼロじゃない。ただ、そんな都合よく自然発生した火の玉が美術室に向かって移動するだろうか。学校荒らしが窓ガラスを割った、その夜に。

「大体、プラズマ放電なんて……こんなただの廊下で起こるものなの？」

「わかんないっすけど」

あははっと笑った菅原は、すぐに「すいません、適当を言いました」と謝ってきた。私はそんなに怖い顔をしただろうか。

「いや、そういうオカルトの可能性も有り得ないわけじゃないけどさ。とりあえず、美術室に何事もないなら、それでいいの」

人間の仕業だからといって、犯人をとっ捕まえてやろうとも思わない。先生や、必要ならば警察に任せればいいことだ。

そう思ったのに、何かに引っぱられるように、視線が上を向いた。本当に、どうしてそちらを見てしまったのか、自分でも不可解だった。

美術室の引き戸の上にある小窓が、開いていた。

「ねえ、あそこ、いつも閉まってなかった?」

換気用なのか明かりを取り込むためなのか、引き戸の上には横長の小窓が二つ並んでいる。その小窓が、ぽかりと口を開けていた。

「さあ、どうなんですか?」

「ごめん、昨日正式入部した菅原に聞いてもわかるわけないか」

近くのテーブルの下から椅子を一脚引っ張り出す。上履きを脱いで椅子に乗り、小窓を覗き込んだ。

大掃除のときくらいしか開閉せず、鍵だって閉めっぱなしの小窓は埃《ほこり》っぽかった。そういえば、冬休み前に美術室を大掃除したとき、後輩がここを雑巾で拭いていた記憶がある。それから半年弱、窓枠には埃が積もっていた。

なのに、一部分だけが不自然に綺麗だった。白く積もった埃が、窓枠の中央だけ拭き取られたようになくなっている。

まるで、誰かがわざわざ、雑巾で拭ったみたいに。

誰かが、この小窓から出入りしたみたいに。

「岩渕先輩、どうしたんですか?」

菅原が下から聞いてくる。事情を説明しようと振り返ったら、自分の体からぎこちない軋《きし》みが聞こえた。

「学校荒らしの犯人、やっぱり校舎の中に入ってるよ」

菅原が息を呑む。愛嬌のある顔をすうっと硬くして、瞬きを繰り返す。

「ここから美術室に入って、出ていったんだよ。あの火の玉、やっぱり犯人だったんだと思う」

チャイムが鳴った。朝のホームルームが終わって、一時間目が始まる合図だ。


一時間目は牧先生の生物だった。号令をかけるなりげっそりと溜め息をついた先生に、クラスの何人かが学校荒らしのことを聞いた。

同じことが二時間目、三時間目と続き、四時間目の日本史の授業ではお喋り好きの先生が進んでべらべらと教えてくれた。

といっても、たいしたことは先生達もわかってない。廊下に足跡が残っていないから、窓を割った犯人は校舎には入っていないと判断されたみたいだ。職員室の鍵もちゃんと掛かっていたし、盗まれたものもない。もちろん職員室以外の教室からも、何かがなくなったり壊されたりしたという報告はない。

学校荒らしがあったというニュースは、ローカル新聞の片隅に「廻館高校、校舎の窓ガラス割られる」という見出しでちょっとだけ報じられて終わるだろう――昼休みが始まる頃には、先生も生徒も、そんな気分になっていた。

質《たち》の悪いいたずらとして、学校荒らしはあっという間に〈終わった〉ことになった。

「私、火の玉を見たんだよ」

机を向かい合わせにしてお昼を食べながら、思い切って紗奈恵に言った。購買で買ったコロッケパンを頬張ろうとした紗奈恵が、大口を開けたまま固まる。ぎょろりと、目が私へ向く。

「はい？」

「昨夜、家の窓から、校舎の四階に青い火の玉を見た」

「うん」

口を閉じることなく、紗奈恵は私の顔を探るように見つめてきた。

「ちょっと、ヤバい奴を見る目しないでよ」

「ごめん、いきなりオカルトなことを言い出すから。高校入ってからの付き合いだけどさ、香子はそういうのを信じないタイプだったと」

その通りだ。ブロッコリーを口に詰め込みながら、私は「もちろん」と頷いてみせる。お母さんが茹《ゆ》ですぎたんだろうか、ブロッコリーはくたくたに柔らかくなっていた。

「オカルトじゃないよ。窓ガラスを割った犯人だよ。青い光は、懐中電灯か何かだったんだと思う」

「だって、犯人は校舎の中に入ってないんでしょ？」

「足跡がないってだけだし、警察がちゃんと調べたってわけでもないじゃん。廊下は先生と運動部が綺麗にしちゃったし」

　これが学校じゃなかったら、警察が来るまで現場には手をつけないものなんだろうけれど、学校という場所は、どうやらそうではないらしい。

　私の疑念を、紗奈恵はそっくりそのまま言葉にした。

「大事《おおごと》にしたくないんだなって感じだよねえ。これが自分の家だったら、すぐに警察呼ぶじゃん？」

　学校で窃盗があっても恐喝があっても傷害事件があっても、余程のことがなければ警察沙汰にはならない。いじめ、もしくは生徒同士のおふざけで片付けられて終わりになる。

　今回の学校荒らしも、その範疇《はんちゅう》のこととして片付けられる。数年後、同窓会か何かでみんなが集まったとき、「そういえば高二のとき、学校荒らしがあったよね」と話のネタになって終わりだ。

「あ、でも、警察は来るみたいだよ」

　窓の外――正門から校舎へと続く道を、一台のパトカーがのんびりと走ってくるのが見えた。

　紗奈恵が「うわ、ホントだ」と齧《かじ》りかけのパンを机にぽとんと置いた。その拍子にコロッケがコッペパンから滑り落ちた。

　パトカーは職員室の側の駐車場に停まり、警察官らしき男性が二人降りてきた。「うわ、警察来たよ」と窓際にいた男子達がベランダに出たけれど、それで何がわかるということもない。

　テレビドラマで見るような捜査や鑑識作業が始まるかと思いきや、やってきた警察は一階の廊下をちらりと見て、「派手にやられましたなあ」と校長先生と談笑し、帰っていったらしい。午後の授業を受け持つ先生が、学校に来たパトカーと同じくらいのんびりとした口調で教えてくれた。

「ちゃんと警察が調べてくれるから、君等は授業に集中しなさい」

先生はそう言って授業を始めた。〈ちゃんと〉が一体どんなレベルなのかは、教室にいた全員に察しがついたと思う。

一時間目の頃は確かにあった緊張感は、帰りのホームルームにはすっかり消え失せていた。野球部やサッカー部が間違って校舎の窓ガラスを割ってしまった。そのレベルのこととして、学校荒らし事件は本当に終わろうとしていた。

帰り際、先月の中頃に三年生だけが受けた模試の結果が返された。

「ちなみに、一番は大倉だった。クラスで一番じゃないぞ？　学年全体で一番だ。おめでとう」

全員に結果の用紙が行き渡ったところで、担任はそう告げた。自分のことみたいに嬉しそうに語る先生に、みんな「ああ、やっぱり」という反応だった。

「あっ、本当っすか？　やったね」

いつも通り、紗奈恵は「学年一位」という栄誉を軽やかに喜んだ。偉そうに見えないように、高飛車に見えないように、絶妙なラインで綱渡りする。

紗奈恵は、こういうところが上手い。定期試験も模試も好成績で、でも「猛勉強しています」という臭いを感じさせず、かといって「テスト対策なんてぜーんぜんしてませんよ？」という嫌な天才肌っぷりも見せない。

一年のときからずっとクラスが一緒の私ですら、「あ、そうだ、紗奈恵って学年で一番頭がいいんだった」と唐突に思い出して驚くときがある。

「いよいよ君達も受験や就活を迎えるんだという緊張感を持つように」という担任からの激励には、「進級してから一ヶ月以上たったけど、君達最近たるんでるぞ」というお説教がおまけでくっついてきた。

＊

その日の放課後、美術部に集合をかけた。活動日ではないけれど、「盗まれたものがないか各部で部室や活動場所を確認すること」というお達しが先生達から出たからだ。

美術部の活動は週二日だけど、それ以外の日も自由に美術室を使って作品を作ることが許されている。そのせいか、肝心の活動日に全員が集まることが少なく、学校で一番緩い部といえた。この間までいた部員が、ふらっと退部していたりするくらいだ。一年のときからそういう部だったから、部長になったとはいえ締め付けを強めようとも思わなかった。

私自身、自分が特別絵が上手いとも思ってないし、自分の絵に魅力があるとも思ってない。コンクールでいい成績を収めたことがあるわけでもない。「もっとちゃんと活動しようよ」なんて言ったところで、説得力がない。

久々に十五人の部員が勢揃いした美術部は賑《にぎ》やかだった。ロッカーに画材や私物を大量に詰め込んでいる子も多いから、意外と確認に時間がかかる。

「大変、私のコバルトブルーがないかも！」

二年の春菜《はるな》がそんなことを言い出したけれど、しょっちゅう絵の具を出しっぱなしにしてなくす子だから、きっと盗まれたわけではないだろう。

「……ねえ菅原、ちょっと置き勉しすぎじゃない？」

菅原はロッカーの前に教科書の山を作っていた。現代文、古文、漢文、数学Ⅰ・Ⅱ、英語文法、英語リーダー、生物、化学、日本史、政治経済、家庭科に保健……。

「全部じゃん。全教科置き勉してるじゃん」

教科書に加えてノートまであるから、ものすごい量だった。体育用のジャージや運動靴、英和辞典や漢和辞典まである。

「逆に、毎日何を持ち帰ってるの？」

「忘れ物が怖いからって置き勉してたら、どんどん増えちゃったんですよ」

へらへらと笑った菅原も、さすがにバツが悪かったのか「俺、よく忘れ物するんで」と肩を竦めた。隣でロッカーを整理していた同じ一年の本郷《ほんごう》さんが、ギョッとした顔で菅原の置き勉の山を見ていた。

「え、忘れ物って……そんなに？」

絞り出した本郷さんに、菅原は「うん、そんなに」と頷いた。あまりに軽やかな言いぶりに、たいしたことではないように思えてくる。

だからって教科書もノートもこんなに置いていって、家でどうやって宿題やテスト勉強をする気だ。本郷さんがそう言いたいのを堪《こら》えたのが私にもわかった。

「菅原って、そんなに忘れ物が酷《ひど》いの？」

側で画材の棚を確認していた高田《たかだ》さんが菅原と同じクラスだったと気づいて、堪《たま》らず聞いてしまった。

「いや、そんなことないと思いますけど」

共用の絵の具が入ったカゴを漁りながら、「提出物とか課題とか、ちゃんと締め切り守ってるし」と彼女は首を傾げた。春菜がなくしたと騒ぐコバルトブルーの絵の具を捜してあげているのか、青い絵の具ばかりをカゴの中から拾い集める。

「違うよ。忘れないように細心の注意を払ってるんだよ。白鳥みたいに、水面下でめちゃくちゃ努力してるの」

俺の努力、わかる？　とでも言いたげな顔で、菅原が話に割り込んできた。冗談ではないみたいだけれど、菅原が言うとどうしても飄々と聞こえてしまう。「えー、そうなんだ。大変だね」と笑う高田さんも、信じてはいない顔だ。

結局、なくなったのは春菜のコバルトブルーだけだった。絶対に盗まれたわけじゃない……と思いながらも、念には念を入れて普段使っていない引き出しを開けてみたり、埃まみれの棚の上や下を確認したりする羽目になった。

携帯電話のフォトライトで棚の下を照らしながら床に這《は》いつくばっていた本郷さんが埃まみれの百円玉を、どこからか見つけてきた懐中電灯を手に同じことをしていた菅原が五百円玉を見つけてひと盛り上がりした頃、絵の具カゴを漁っていた高田さんが、コバルトブルーを見つけた。

買ったばかりだったらしいチューブにはまだたっぷりと絵の具が入っていて、コバルトブルーのラベルが眩《まぶ》しかった。

持ち主である春菜が「これこれ！　この減り具合、間違いなく私のコバルトブルー！」と喜ぶのを尻目に、ふと、気づいた。

瞼の裏を、昨日見た青い火の玉が通り過ぎていった。こちらを馬鹿にして笑うみたいに、へらへらと尾を揺らして。

「……コバルトブルーもあったみたいだし、問題ないようなら、今日は解散にしようか」

私の言葉を合図に、ほとんどの部員は帰っていった。何人かが「せっかく美術室に来たから」と作りかけの作品を乾燥棚から運んできて、画材をテーブルや床に広げた。

水彩絵の具、アクリル絵の具、油絵の具。三つの異なる絵の具の匂いが、私の周囲で混ざり合う。

美術室の隅で、菅原も絵を描いていた。入部したばかりの彼は、顧問の早坂《はやさか》先生からデッサンの課題を出されている。

元から絵を描くのは得意だし好きだったらしく、仮入部初日に出されたボックスティッシュのデッサンを菅原はあっさりクリアし、花瓶も、球体も、折りたたまれた布も、何も教えられることなく描き上げてしまった。

彼が今チャレンジしているのは、透明なガラス瓶のデッサンだった。ものの形を正確に描くだけでなく、光の反射や歪《ゆが》みを絵に落とし込むのが難しいのだが、先生は「菅原君はもうこのレベルをやってみてもいいと思う」とこの課題を出した。

傷だらけ、絵の具だらけのテーブルに置かれたガラス瓶を、菅原はじっと見つめる。二分、三分、四分、五分と、微動だにせず瓶を観察する。目の奥にその姿を焼き付けて、スケッチブックに鉛筆を走らせる。

本棚に背を預け、興味もない画集をパラパラとめくりながら、私は絵を描くことに集中する菅原を見ていた。

陽が傾くにつれて、残っていた部員達も一人、また一人と帰っていった。六時を過ぎて、美術室にいるのは私と菅原だけになった。

「岩渕先輩、まだ帰らないんですか？」

ぐーっと伸びをした菅原が、こちらを振り返る。「それ、面白いですか？」と、私が読みもせずペラペラめくっていた『十六世紀の西洋美術』を顎でしゃくった。

「ああ、うん、まあね。オランダの花卉画《かきが》とか、綺麗だよね」

適当に答えて、私は『十六世紀の西洋美術』を棚に戻した。

「昨夜の学校荒らしのことを考えてたんだけどさ」

「え、岩渕先輩、まだ青い火の玉のこと気にしてたんですか？」

スケッチブックを閉じた菅原を、「それそれ」と指さす。相手を追い詰めるような怖い響きの声に、他ならぬ私が驚いた。

「菅原、今、青い火の玉って言ったよね」

「いや、それは岩渕先輩が」

「私さ、菅原に火の玉が青かったなんて言ってないと思うの」

後輩のコバルトブルーの絵の具が見つかったとき、今朝、ここで菅原と話したことを思い出した。プラズマの発光で火の玉現象が起きるという流れで、「その気になれば青い火の玉も作れるんじゃないですか？」と彼は言った。

どれだけしっかり思い返してみても、あのとき私は、火の玉が青かったなどと菅原に言っていないのだ。

「え？」

目を瞠《みは》った菅原が、視線を宙に泳がせる。眉間に皺《しわ》を寄せ、「えええ？」と首を傾げる。

「菅原、火の玉が青いはずだって知ってたんだよね」

菅原は答えない。唇を誰かに縫《ぬ》いつけられたみたいに、口を引き結んだまま私を凝視している。

「ていうか、昨夜、四階にいたの、菅原でしょう？」

彼の視線が再び泳ぐ。窓の外、廊下、天井、床、自分の手元、足下。ぐるぐると巡って、再び私に帰ってくる。

私はたたみ掛けた。

「学校荒らしの犯人は校舎に入ってないのに、四階には誰かがいた。おかしいなあって今日一日ずっと考えてたの。で、実は二つは別々の人間の仕業なんじゃないかと思った」

昨夜、学校には二人の人間がいた。窓ガラスを割った人間と、美術室に侵入した人間。

後者は、菅原だった。

「俺だと、先輩が考えたのは、火の玉が青いと、知ってたから？」

呼吸のタイミングを探るように、菅原が絞り出す。ゆっくり頷くと、彼は「あーあ」と両手で頭を掻きむしった。

「うーん……しくじったぁ……」

両手で目元を覆い、菅原は顔を伏せた。彼の肘がドンとテーブルに当たり、ガラス瓶が左右に大きく揺れる。

「菅原なんだね？」

「はい、俺です」

「どうして美術室に侵入したの」

「言いたくないです」

菅原の指の隙間から漏れるくぐもった声に、私は側にあった椅子を摑み、彼の目の前で腰掛けた。衣替え前の厚手のスカート越しでも、座面がひやりと冷たい。

「どうして美術室に侵入したの。しかも、あんな夜中に」

答えない菅原に、「どうして」と三回繰り返す。それでも彼は口を開こうとしない。

「菅原、状況わかってる？　一応さ、昼間に警察だって来てたじゃん。昨夜起こったことって、大袈裟《おおげさ》でもなんでもなく犯罪なんだよ」

そこまで言うと、菅原は観念したように顔を上げた。このたった数分間で、げっそりやつれて見えた。

「忘れ物をしました。それを取りに来ました」

そんな答えで勘弁してもらえるとは思ってない。私を見る菅原の頬には、そんな本音がべったり貼り付いていた。

ああ、その通りだ。

「何を忘れたの」

「……言いたくないです」

「すーがーわーらー」

ただの忘れ物なら、次の日の朝に取りに来ればいい。人に見られたくないものだったとしても、早い時間に登校すればいい。わざわざ夜中の校舎に侵入する必要なんて――。

「どうしても、すぐに取りに行きたかったんですよ。朝まで待つのが不安だったんです」

「学校に不法侵入してでも？」

「そうです」

きっぱりと言い切った菅原が、居心地悪そうに私を見やる。私の顔はきっと、不信感でいっぱいだったに違いない。

「どうして言いたくないの」

「そんなの、先輩に嫌われたくないからに決まってるじゃないですか」

また適当言って――咄嗟《とっさ》に菅原の言葉を振り払いそうになって、彼の視線が真っ直ぐ私に向いているのに気づいた。ガラス瓶を穴が開くほど見つめていた二つの……意外と大きく綺麗な形をした目が、私を見ている。

「嫌われたくないなら、本当のことを言って」

同じくらい強く、睨《にら》み返してやる。菅原の眉間を打ち抜くつもりで、眼球の奥に力をこめた。こめかみのあたりがカッと熱くなる。

「このまま適当にはぐらかされる方が、ずっと、菅原を嫌いになるよ」

〈ずっと〉の部分を強調すると、彼は観念したみたいだった。肩が抜け落ちるような深い深い溜め息を、菅原は吐き出した。

「昨日、先輩達が入部祝いに花束をくれたじゃないですか」

「うん、あげたね」

「俺、あれを忘れて帰ったんです」

菅原が美術室の端を指さす。窓際のロッカーの上。確か昨日、菅原はあそこに鞄を置いていた。美術部の面々から贈られた花束を、彼は「わあい、嬉しいです」と嬉しそうに受け取って、鞄の横に置いた。花が傷つかないよう、わざわざ窓枠に立てかけて。

「……あの花束、忘れて帰ったの？」

え、酷い。言いかけた私を、菅原が遮《さえぎ》る。

「自分でもびっくりしてるんですよ。ちゃんと持って帰って花瓶に生けようと思ったし、ちゃんと嬉しいって思ったのに、ころっと忘れて帰ったんです」

昨日、美術室の鍵を閉めたのは私だった。花束が忘れ去られていたのかは、残念ながら覚えていない。まさか忘れて帰るなんて思わないから、菅原が花束を持っていないことに違和感すら覚えなかった。

「忘れたって気づいたのは、家に帰って、夕飯食べて、風呂に入って、さあ寝ようって布団に入ったときでした。うわああっ！　って飛び起きて、学校に取りに行ったんです」

制服のポケットから携帯電話を取りだした菅原が、待ち受け画面を見せてくる。二つ折り携帯の小さな画面に映し出されているのは、酷く眩しい青空の写真だった。

「俺の携帯、フォトライトがついてない機種だから、画面の光度を目一杯明るくして、懐中電灯代わりにしました。岩渕先輩が見た火の玉ってのは、これです」

昨夜見た光景を思い返す。暗闇でぼんやり光る青い火の玉が、待ち受けの空の青さと重なった。ついでに、先ほど懐中電灯片手に棚の下を覗き込んでいた彼の姿も。

「美術室の鍵が閉まってたので、ガラスを割ろうかどうか迷いました。試しに引き戸の上の小窓を確認したら鍵が開いてて、戸をよじ登って美術室に入りました。小窓をちゃんと閉めて帰らなかったのは、うっかりしてましたね」

引き戸の上にある小窓の鍵は、基本的には閉めている。冬休み前の大掃除のとき、鍵を閉め忘れたんだろう。

昨日の夜まで誰にも気づかれず、美術室に侵入を試みた菅原を助けた。

「それで、花束を回収したの……？」

「はい。家に持って帰って、花瓶に生けました。今朝も元気に咲いてましたよ」

自嘲気味に笑った菅原は、力なく肩を落とす。

そのまま、静かに私に視線を寄こした。普段の愛嬌のある顔でも、飄々とした食えない後輩でもなく……肉食動物に狩られるのを覚悟した小動物みたいだった。初めて見る菅原晋也だ。

「どうしてそこまでするの？　って顔してますね、岩渕先輩」

「そりゃあ……花束のために夜中の学校に侵入する必要なんてあるの、って思うよ」

「そう思うかもしれませんが、自分達がプレゼントした花束が美術室に放置されてるのを見たら、どう感じますか？　先輩達がお金を出し合って贈った花束を忘れて帰るなんて、なんて薄情な新入部員だって思いませんか？　嬉しいと言ったのは口だけだったのか、って」

思わないよ、とは言えなかった。事実、私は彼が花束を忘れていったと聞いて「酷い」と思った。きっと他の部員達も同じように思う。

「俺ね、昔からそうなんです。忘れちゃいけないものも忘れちゃうんです。自分が困るだけじゃなくて、周りの人の気持ちを裏切っちゃうようなものを、ここぞというときに、忘れる。プレゼントとか、お祝いとか、誰かが俺のために気持ちをこめてくれたものを」

——決定的だったのは、中学三年のときです。

ふふっと笑った菅原が、窓の外を見る。いつの間にか空が怖いくらい鮮やかなオレンジ色になっていた。空全体が轟音《ごうおん》を上げて燃えているみたいだった。

校舎越しに見える海が、空と全く同じ色をしている。怒りに燃えているようにも見える。

窓際に今朝と変わらず私の絵が置いてあった。細部に気を取られるがまま、全体の色のバランスが崩れてしまった夕日の絵。

「中三のとき、俺、バレー部だったんですけど、県の選抜メンバーに招集されたんですよ。チームメイトが『学校代表として頑張れ』って、寄せ書きと手作りのお守りをくれました」

「……それ、忘れて帰ったの？」

菅原はすぐに反応しなかった。私の言葉を耳の奥底に染み込ませ、じっくりじっくり咀嚼《そしゃく》してから、深々と頷く。

「部室のテーブルの真ん中に、ぽーんと置いて帰りました。チームメイトは当然、怒りましたよ。薄情な奴だ、心の底では俺達なんてどうでもいいって思ってるんだろって。そんなつもりは一ミリもないんですけど、現に忘れて帰ったわけで、言い逃れできないですよね。言葉と行動、どっちを信じるかっていったら、そりゃあ行動ですもん」

「菅原が高校でバレーを続けなかったのって、そのせい？」

「うーん、まあ、そういうことなんですかね。選抜チームの試合、誰も応援に来てくれなかったのが、ちょっと悲しかったんですよね。忘れ物一つで周りからの信頼を失うんだなとか、忘れ物をきっかけに嫌われるくらい好かれてなかったのかなとか、いろいろ考えました」

もしかしたら、選抜チームに入った菅原への嫉妬《しっと》ややっかみも、そこには含まれていたかもしれない。

出会って一ヶ月もたっていない菅原の人となりを、私はそう深くは知らない。ただ、二年以上も美術部にいて、部長までやっている私より、菅原は確実にいい絵を描くようになる。それだけはとっくに確信していた。

今はデッサンしかしていないけれど、絵の具を使ってキャンバスに向かうようになったら、きっと私の描いた夕日なんて鼻で笑うような絵を描く。飄々と笑いながら、「難しいことなんて考えず、感じるがまま描けばいいんですよ」という顔で。たった一ヶ月で、菅原は私を軽々と飛び越えてしまった。

面白くないと嫉妬する気持ちが、間違いなく自分の胸にある。絵を描く菅原の背中を眺めながら、心臓の斜め下、脇腹の近くでチリチリとくすぶる。別に美大に進学したいとか、美術関係の仕事をしたいと思っているわけでもないのに、それでも。

菅原が花束を忘れていったら、「ほら、やっぱり」と思う。「よかった」と思う。私を嫉妬させるこいつが、嫌な奴でよかった、って。

「せっかく美術部に入ったのに、また同じことが起こるのが嫌だったんですよ。いい加減、この悪癖をなんとかしなきゃって思って、ひとまず忘れ物をしないように頑張ってみたんです」

「ああ、だから、全教科置き勉してたんだ」

でも、菅原は別に、普段から忘れ物が多いわけじゃない。彼と同じクラスの高田さんがそう言っていたのを、思い出す。

「変な話ですよね。教科書とかノートとか文房具とか、提出物とか宿題とか、忘れても自分が困るだけのものは忘れないんですよ、俺。置き勉もなんの意味もなくて、花束のことをころっと忘れて帰ったんです。朝まで我慢できなくて、夜の学校に向かったわけです」

「そしたら、学校荒らしが校舎の窓ガラスを割ってたの?」

菅原が息を呑む。学校には侵入したけど、学校荒らしは見てないです。そんな誤魔化しを用意していたのかもしれない。

「窓ガラスが割られてたから、菅原はそこから中に入った。わざわざ靴も脱いだんでしょ?手とか足とか、怪我しなかった?」

「……割れた窓から手を入れて、ちゃんと鍵を開けて侵入したんで、怪我はしてないです」

「犯人、見たんでしょ?」

菅原の茶色がかった黒目に、夕日のオレンジ色が差して、小さく震える。

「犯人を見た。もしくは鉢合わせして、犯人が逃げていくのを見た。だから校舎に誰もいないと確信して、中に入った。じゃなきゃ、どんなやばい人が何人いるかわからないのに、中に入ろうなんて思わないでしょう?」

いくら花束のためだとしても、さすがの菅原だって躊躇《ちゅうちょ》するはずだ。

「ええ、見ましたよ」

菅原が私から視線を逸《そ》らす。視線の先には私の絵があって、無性に恥ずかしくなる。たいした絵を描ける人に、そんなたいしたことない絵を見られたくない。

「じゃあ、それはちゃんと先生と警察に言うべきだよ」

「嫌です。言いません」

「どうして」

「俺にとっては、花束を忘れて帰ったことの方が一大事だからです」

当然のように言い切った菅原に、今更ながら背筋が寒くなった。私の中に当たり前に存在する善悪の程度を測る天秤に、蹴りを入れられた気分だ。

「俺は、この〈大事なものを大事にできない〉っていう悪癖を、ものすごく恥ずかしいと思ってるんですよ。誰にも知られたくないし、悪癖のせいで人の信頼を損ねたくないんです」

「でも、それは犯罪とは違うじゃない。学校荒らしは犯罪だよ。いくらなんでも、犯罪者を庇うのはおかしいよ」

「学校荒らしが窓ガラスを割ってなかったら、俺は自分で窓ガラスを割って校舎に侵入するつもりでした。そのつもりで学校に来ました。たまたま先に割ってくれたから、俺はちょちょっと鍵を開けて、中に入れたんです。偶然にも美術室の小窓の鍵も開いてて、運よく何も壊すことなく花束を持ち帰れました。だから、俺は学校荒らしとは共犯みたいなものなんです」

美術室の鍵が閉まっていたから、ガラスを割ろうか迷った。先ほど菅原がさらりと言ってのけたことを、今更思い出す。また、肩甲骨のあたりを冷たい指で撫《な》で上げられる感覚に襲われた。

菅原の中で、花束を忘れて帰ったことと学校荒らしが同じ土俵にのること。善悪ではなく「悪癖を知られたくない」という感情に軍配《ぐんばい》が上がること。

その感覚を「おかしい」と思うくせに、いざ菅原が花束を忘れていったことを知ったら、私も美術部のみんなも、結構強めに彼を批難するだろうということ。

数分前まで菅原に「それは駄目だよ」「本当のことを言うべきだよ」と胸を張って言えたはずの正義感が、喉元で萎《しお》れてしまった。

何か言わないと。先輩として、この新入部員に何か言葉を贈らないといけない。口をぱくぱくと開閉させてみても、肝心の言葉が続かない。

チャイムが鳴った。下校を催促するチャイムだ。それでも私は何も言えず、菅原はテーブルに置きっぱなしだったスケッチブックに手を伸ばした。

「昨夜、学校の敷地に入ったら、ガラスの割れる音がしました。音のする方に近寄ったら、鉄パイプを持った人がいました。相手は俺に気づいて走って逃げていって——」

4Bの鉛筆を手にした菅原は、白紙のページにその先端を走らせる。黒光りするざらついた線が、縦に、横に、また縦に走る。

ものの数分で描かれたのは割られた窓ガラスだった。紙の四方から、巨大な生き物の牙みたいにガラス片が伸びる。中央にぽかりと空いた穴が、私を睨んでいる。

菅原は鉛筆の先端を寝かせて、穴を黒く染めていった。

ざらざらと紙を撫でる鉛筆の音は、ときどき苛立ったように擦《こす》れた。花束を忘れて帰ったことを、菅原が苦々しげに塗りつぶそうとしているのがわかる。どれだけ黒く染めたってやったことは消えないと、痛いほどに知っているという顔だった。

それでも、絵を描く菅原は様になっていた。鉛筆の持ち方だって一ヶ月前に教わったばかりなのに、まるで生まれたときからそうやって絵を描いてきたみたいに、滑らかに紙を黒くしていく。

その姿は、腹立たしかった。くすぶった火種に空気を送り込むみたいに、こちらの嫉妬心を煽《あお》ってくる。つくづく、そういうところを上手く隠す紗奈恵は頭がいいと思った。

「窓ガラスが割られてるのを見て、ラッキーって思ったんですよね。だから、俺はやっぱり共犯みたいなものですよ」

菅原がスケッチブックから顔を上げる。真っ黒に塗り上げられた穴と、割れた窓ガラス。ガラスの白が際立ち、暗闇にぎらりと光る。

昨夜、まさに菅原はこんな光景を見たんだろう。ラッキー、これでガラスを割らずに校舎に入れる。〈大事なものを大事にできない〉という悪癖を、晒さずに済む。

どれだけその場面を想像しても、肝心の菅原の胸の内に私は寄り添えなかった。

ただ、彼が自分のことを便乗犯ではなく共犯と言い表したあたりに、本当に学校荒らしに感謝しながら校舎に侵入したんだろうということだけは、わかった。昨夜、学校荒らしが現れなかったとしても、菅原は躊躇なく自分で窓ガラスを割ったんだろう。

そのとき彼はきっと、絵を描いているときと同じ目をしている。

赤かった窓の外は、穏やかなスミレ色に変わっていた。徒歩や自転車、原付で正門に向かう生徒の姿が見える。家に帰って、親に学校荒らしのことを話すだろうか。美術室で、今まさに事の真相が明かされているなんて知りもせず。

海は、やはり空と同じスミレ色をしている。今日は風が穏やかなようで波一つなく、空の色を鏡みたいにそっくり映し出す。

美術室の戸がノックされる。美術部の顧問の早坂先生が「下校時刻、過ぎてるよ～」と声をかけて去っていった。

「帰りましょうか」

菅原がスケッチブックを鞄にしまう。「小窓の鍵、ちゃんと掛けておかないとですよね」と肩を竦め、菅原は小窓を自分の手でしっかり施錠し、私が美術室の鍵を閉めた。

なんとなくそれが、この一件を二人だけの秘密にするという、誓いの儀式みたいになった。

職員室前の廊下は、割られた窓がベニヤ板で塞がれていた。窓枠に残っていた破片も綺麗に取り除かれ、廊下には土っぽい香りの影が差していた。

「俺の携帯の待ち受け、寄せ書きとお守りを忘れて帰った次の日、バレー部の仲間にめちゃくちゃ怒られたときの写真なんです」

先ほど菅原が見せてくれた、なんの変哲もない青空の写真を思い出す。面白い形の雲があるわけでも、誰かが写っているわけでもない、ただ青いだけの空。

バレー部の部室なのか、体育館なのか。一緒に頑張って練習してきたチームメイトから散々罵《のの》られた中学生の菅原が、校舎の外を歩いている。今日はもう練習に参加せず家に帰ろうと、鞄を重そうに肩から下げている。

ふと空を見上げた彼は、その空を写真に収めた。人生最大の失敗を忘れないために、写真を待ち受けに設定する。

そんな場面を想像した。あまりに鮮明に想像できてしまって、その場に居合わせていたような居心地の悪さまで襲ってきた。

「先月、ここで岩渕先輩に声をかけてもらえて、嬉しかったんですよ」

鍵を返却して職員室を出てきた私に、菅原が言った。職員室前の掲示板には、先月の今頃、各部活や同好会の新入部員勧誘のチラシがべたべたと貼ってあった。

確かにあれは、先月の今頃だった。この場所で美術部のチラシを眺めている男の子を見つけた。背が高くて、運動部っぽい見た目だったけれど、間違いなく美術部のチラシを見ていた。

チラシには、絵の具筆を持って笑う男女が描いてあった。たいして上手ではないし、妙な味や魅力があるわけでもない、可もなければ不可もないつまらない絵だ。

私が描いた絵だった。他の部員には「三十分で描いたテキトーな絵が勧誘チラシでごめんね」なんて言ったけれど、本当は三時間かかっていた。

菅原はその絵を見ていた。部活に向かう途中だった私は、彼に声をかけたのだ。

——美術部に興味があるなら、体験入部だけでもどう？　って。

「だから、やっぱり、美術部のみんなに嫌われたくなかったんですよ」

あはは、と笑った菅原の顔が、一ヶ月前の彼と重なる。

あの日、菅原は突然先輩から話しかけられて驚いていた。断られるかと思ったのに、彼は意外とすぐ「え、じゃあ、はい。美術部、行きます」と笑ったのだ。愛嬌のある大型犬みたいな顔で、背中をきゅっと丸めて。

「あのさ、菅原」

さっきはどうやっても言葉にできなかったこと。昇降口に向かう菅原の背中に、やっと言うことができた。

「人からのプレゼントや、気持ちがこもった大事なものを忘れて帰るのは確かに酷いけど、菅原がそこまで罪悪感を覚える人なら、私はそれであんたを嫌いになったりしないよ」

本当、本当だよ。美術部のみんなだって、最初は怒るかもしれないけど、菅原がちゃんと後悔してるって伝えれば、大丈夫だよ。

ミルフィーユの生地を一枚一枚重ねるように、言葉を積み上げた。

「ありがとうございます」

菅原はいつも通り愛嬌のある、ちょっと飄々とした笑みを浮かべて、礼を言った。「また明日」と一礼し、靴に履き替えると、私を置いて帰っていった。

もう少し、引退せずに部長をやっていようかな。一人、自分の下駄箱を見つめながら、そんなことを考えた。

なんてことはない。困った悪癖を抱えた後輩が、ちょっと心配になったからだ。

せめて私の引退……いや、卒業の頃までに、菅原の携帯の待ち受けが、あの空の写真から替わる日がくるといい。

＊

伊坂幸太郎の『ゴールデンスランバー』は、その日の夜に読み切った。一日待った甲斐《かい》があるくらい、何から何まで面白かった。学校荒らしの一件も菅原の告白も、ページをめくっている間は忘れることができた。

本を棚にしまったのは、零時過ぎだった。

机の上で充電していた携帯が鳴った。しかも、メールではなく着信メロディが。

三月に新しくしたばかりの二つ折り携帯のサブディスプレイに表示されていたのは、紗奈恵の名前だった。普段のやり取りなんて九割がメールなのに、電話なんて何ヶ月ぶりだろう。

「――もしもし?」

どうしたの? と続けても、紗奈恵はしばらく何も言ってこなかった。間違い電話だろうかと私が電話を切ろうとしたところで、紗奈恵がか細く私の名前を呼んだ。

カサカサに乾いて、掠《かす》れて、紗奈恵の声じゃないみたいだった。

『私なんだよね、窓ガラス割ったの』

それでも紗奈恵は、はっきりそう言った。

「……え？」

『だから、私なんだ、学校荒らしの犯人』

電話越しだからだろうか、紗奈恵の言葉は何一つ本物に聞こえなかった。質の悪い冗談にも聞こえた。でも、紗奈恵はいつもの紗奈恵じゃなかった。頭がいいのを鼻にかけず、適度な緩急を使い分ける器用な私の友人ではない。

『昨日の夜、学校の一階の窓ガラスを割ったんだ。でも、私は四階になんて行ってない』

何も返せない私をよそに、紗奈恵は続ける。誰もいない壁に言葉を投げつけるみたいに。投げつけて、ぐちゃぐちゃに叩き潰すみたいに。

『誰かいたんだ。私、見たんだ。私がガラスを割ってるの、誰かが見てた。四階に行ったのはその人だと思う。その人が、私のことを警察に言うかもしれない』

電話の向こうで、紗奈恵が苦しそうに息を吸った。

『香子、ごめん。勝手にべらべら喋ってるけど、私、今更怖いんだ。割ってやったときは気持ちよかったのに、時間がたてばたつほど、怖いんだ』

喉の奥が震えた。その音と、紗奈恵が洟《はな》を啜《すす》る音が重なった。

今朝、菅原は美術室に来た。置き勉していた教科書を取りに来たと言って。

あいつは、昇降口で私と紗奈恵が話しているのを見たのかもしれない。学校荒らしの犯人が美術部の部長の友人だと気づいて、慌てて私を追って美術室に来たのかもしれない。

きっと、問い詰めたって菅原は本当のことは言わないだろうけれど。

『一年の頃にさあ、校舎裏で煙草の吸い殻が見つかったじゃん。あれも私なんだ。ときどきさ、無性に悪いことがしたくなっちゃうんだよ。なんでかわかんないけど、やっちまえって思っちゃうんだ』

「大丈夫だよ」

ガラスが割られた一階の廊下を思い出した。

掲示板に恩着せがましく貼られたオープンキャンパスのお知らせ、模試のスケジュール、校則を守ろうという生徒指導部の先生からのありがたいお言葉、「悩みは誰かに相談しよう」という随分と漠然とした優しさを発信するポスター……あれが、紗奈恵の中の何かを苛立たせたのだろうか。

昨日の紗奈恵、一昨日の紗奈恵、一週間前の紗奈恵、一ヶ月前の紗奈恵。記憶にある限りの紗奈恵を思い出す。でも、彼女が夜の学校で窓ガラスを割る理由が見当たらない。

こめかみに手をやって、ぎゅっと目を閉じた。紗奈恵の代わりに菅原が姿を現した。美術室の椅子に腰掛けて、スケッチブックを片手にこちらを見ている。

怖いくらい赤い夕日が差している。私がしくじった夕日の絵とそっくりな色。窓の外が、私の暮らす長閑《のどか》でのんびりとした海辺の町が……決して栄えているわけではないし、人口も減り続けているし、冬は寒さが厳しい町が、音を立てて燃えているみたいだった。

その夕日を掻き消すように、菅原が鉄パイプを振り上げる。

絵を描いているときと同じ顔で、よく見ると綺麗な目で、鉄パイプを窓ガラスに振り下ろす。飛び散ったガラス片の向こうで、菅原の姿は紗奈恵に変わった。

紗奈恵の表情は、靄《もや》がかかって見えなかった。

「大丈夫だよ、紗奈恵。紗奈恵は警察に捕まったりしないよ」

彼女に歩み寄って、顔を覗き込むことが、私にできるのだろうか。私が想像もできないことで、私には理解できないことで、共感できないことで、紗奈恵は憤《いきどお》って、苛立って、膨れあがって破裂して、窓ガラスに鉄パイプを振り下ろしたのだろうか。

『どうしてそんなことが香子にわかるの』

ああ、紗奈恵の声が、少しだけ私の知ってる紗奈恵の声になった。

「説明するとややこしいし長くなるんだけど、とにかく、大丈夫だよ。紗奈恵を見てた誰かは、紗奈恵のことを警察に言ったりしないから」

だって、彼は紗奈恵の共犯者なんだから。

ゆっくり、目を開けた。携帯電話を握り直し、息を吸う。どれだけ深く吸っても、浅い呼吸にしかならない。

でも、覚悟した。

「紗奈恵、私に、何があったか話してくれる？」

◆◆◆

その年の六月に、東北地方で地震があったんです。死者も出た大きな地震でした。

地震があったのは土曜日で、週明けの月曜に美術室に行った私と菅原は、引き戸の上の小窓にヒビが入っているのを見つけました。菅原が侵入に使った、あの小窓です。

「これ、取り替えた方がいいんですかね？」

確か、菅原はそう言った。私は「テープでも貼っておけばいいんじゃない？」と答え、長身の菅原がヒビをガムテープで塞いでくれました。

窓から見える六月の海は青みがかった灰色だった。梅雨入り間近の海は、大概そういう色をしていたんです。

私はそのことを、大人になってもこうやって、鮮明に覚えていることになるんですけどね。

第二話　炭酸水の舞う中で　菅原晋也、高校二年の夏

プールに突き落とされる菅原晋也《すがわらしんや》の姿は、不思議なほどに眩《まぶ》しかった。

梅雨明け前なのが嘘みたいな澄んだ青空の下、真っ白なワイシャツを着た菅原は水面に頭から落ちた。

どぼん、という重たいけれど涼やかな音。空の色が映り込んだ水面に、弾けるような白い飛沫《しぶき》が舞った。

その一粒一粒が高笑いするように光るのを眺めながら、我に返った。

「す」

菅原、とは声に出せなかった。胸ほどの高さの鉄製の門によじ登って、プールサイドに侵入する。スニーカー越しでもわかるくらい、コンクリート製の地面は熱を持っていた。

炭酸水みたいにキラキラと光る水面に、菅原が大の字で浮かび上がってくる。突き落とされたことがまだ信じられないという顔で、よく晴れた空を呆《ほう》けたまま見上げた。

菅原晋也と同じく私のクラスメイトである鶉橋《うずはし》千明《ちあき》は、プールに浮かぶ菅原を、酷《ひど》く困惑した様子で見下ろした。

「……鶉橋、さん」

菅原を突き落とした張本人は、高い位置で凜《りん》と結んだポニーテールを揺らし、飛び込み台の横に立ち尽くしていた。

鶉橋さんは背が高くて、モデルみたいにウエストが細い。すらりと長い脚に、プールの揺らめきが光の筋を作る。ちょっと、絵になっている。こんな状況じゃなかったら、美術部の血が騒いだかもしれない。もしくは、ダイエットの秘訣を教えてほしい。

プールの向こう――海の方から湿った風が吹いてきて、鶉橋さんの前髪を持ち上げる。それが何かの合図だったみたいに、彼女は一歩後退った。

「私の、邪魔をするからよ」

芝居がかった仕草でポニーテールの毛先を払い、鶉橋さんは言い放つ。ぐちゃっと何かが潰れる音がしたと思ったら、鶉橋さんは身を翻して走り出した。私が苦労してよじ登った門扉《もんぴ》を、長く白い脚で軽やかに飛び越え、プールサイドから逃げていった。

陽の光をたっぷりと吸ったコンクリートの上で、彼女の鞄が中身を吐き出している。

ひっくり返ったお弁当箱からおかずが飛び散り、無残に踏みつけられていた。ごま塩ごはんに、青々としたほうれん草のおひたしに、優しいクリーム色の玉子焼き、レンコンのきんぴらにタケノコの煮物に、ミニトマト、ブロッコリー、飴色の豚肉は、多分角煮だ。品数が多くて作るのに手間もかかっただろうに、もったいない。

「菅原」

溜め息をついて、まだプールに浮かんでいるクラスメイトの名前を呼ぶ。より正確に言うなら、クラスメイトであり、同じ美術部に所属する友人の名前を。

「……大丈夫？」

「わかんない。本郷《ほんごう》、俺、大丈夫に見える？」

「一応、生きてはいるみたいだけど」

口に水が入ったらしく、ごほっと咽《む》せながら菅原はやっと背浮きをやめた。プールの底に爪先をつき、ぷかぷかと体を上下させる。

彼の足下に、本が一冊、沈んでいた。

「それ、鶉橋さんの、だよね」

私が指さすと、菅原は大きく息を吸ってプールに潜った。拾い上げられたのは文庫本だった。菅原が落ちた拍子に一緒に落ちたらしい。

「あんた、鶉橋さんに何を言ったの？」

びしょ濡れの文庫本を困った様子で見下ろす菅原に、問いかける。真っ白だったシャツは肌に貼りついて……どうしてだか、お母さんが夏になるとよく買ってくる水饅頭《みずまんじゅう》を思い出す。

「何も言ってないよ」

「嘘つけ。じゃなきゃいきなり突き落とされたりしないでしょう」

「本当だって。声かけただけなのに、いきなりぶん投げられた。死ぬかと思った……」

濡れた前髪を掻き上げてプールから這《は》い上がった菅原は、途方に暮れていた。いつも飄々《ひょうひょう》と笑っている彼のそういう表情を見たのは、これが初めてかもしれない。

「あれ、どうするの」

プールサイドに置き去られた鶉橋さんの荷物を指さす。

「どうするも何も……どうしようか」

散乱した荷物に歩み寄った菅原が、無残にひっくり返ったお弁当の前に屈《かが》み込む。箸は随分遠くまで転がっていってしまった。

カラカラに乾いたコンクリートに、菅原から滴った雫が点々と黒い染みを作る。

「とりあえず、教室に持っていってあげようか」

箸を拾い上げたら、菅原が落ちたお弁当のおかずをしげしげと眺めていた。

「菅原、どうし——」

飴色に照る豚の角煮を指先で摘《つ》まみ上げた彼は、あろうことかそれをひょいと口に入れた。

「ちょ……！」と叫んだら口の端からツバが飛んでしまった。

「何してんの！」

思わず菅原のつむじのあたりを叩いた。濡れた犬みたいな感触がした。菅原は平然と豚肉をゆっくり咀嚼《そしゃく》し続ける。

「ごめん、思わず」

「〈思わず〉で地面に落ちた他人の弁当を食べるな」

タレのついた指先をペロッと舐めた菅原は、まだ上の空だった。というか、何かを思案している。伏せられた目の奥で、脳味噌が忙しなく回転しているのがわかる。

右手には水没した文庫本が握られたままだった。クリーム色の表紙にイラストが描いてあって、辛うじて宮沢賢治《みやざわけんじ》の名前が見えた。背表紙に学校の図書室のラベルが貼ってある。

「菅原、鶚橋さんに何を聞きたかったの？」

そもそも私と菅原がこうして校庭の外れにあるプールまで来たのは、彼が鶚橋さんに話したいことがあると言うからだった。


「なあ本郷、鶚橋って昼休みはどこにいるの？」

昼休みの始まりを告げるチャイムが鳴ってすぐ、菅原はそう言って私の肩を叩いた。

「なんで鶚橋さん？」

「ちょっと話したいことがあるんだよ」

意味深にそんなことを言うから、一瞬だけ、言葉に詰まってしまった。彼と鶚橋さんが二人で話しているところを、私はこれまで一度も見たことがなかった。

「鶚橋、昼ごはんになるといつもどこか行くでしょう？　教室で弁当食べてるの、見たことないから」

菅原の視線は、鶚橋さんが普段仲良くしている女子グループに向いていた。同じ中学出身のメンバーが固まっていて、休み時間も移動教室もなんだって一緒だから、教室の中でもよく目立つ。四月のクラス分けのときは廊下で揃って「ぎゃああ、一緒のクラスだー！」と歓声を上げてたっけ。

そんな仲良しグループなら、昼休みは机を寄せ合って楽しげにお弁当を食べるものなのだが――鶉橋さんはちょっと違った。

「……ほら、鶉橋さんって、ちょっと変わってるから」

思わず声を潜《ひそ》めた私に、菅原もいろいろと察したようだ。「ああ～……なるほど」と視線を泳がせ、再び私に戻ってくる。

「えーと、自由人？」

「悪く言うなら、中二病かな」

そんなふうに言ってしまう私は、性格が悪いだろうか。いや、でも、鶉橋さんがどういう子か言い表すのに一番しっくりくる言葉は、どうしたって中二病なのだ。

「クラス替えのときの自己紹介、『風みたいに自由な人間とよく言われます』って自分で言ってたもんな」

「菅原は一年のときのクラスが違うから知らないだろうけど、入学直後からそうだったんだよ。体育館の横の銀杏《いちょう》の木に登って黄昏《たそが》れてたのには焦った」

「あっ、俺、雨の日に裸足でグラウンドでずぶ濡れになってるの見たことあるよ。空に向かって右手を伸ばしてた」

恐ろしいことに、菅原の話には一切の誇張がない。私も同じ光景を教室の窓から見た。あれも昼休みのことだった記憶がある。

「愛読書は『人間失格』らしいよ？　いつも鞄に入れてるって聞いた」

「太宰治《だざいおさむ》に罪はないんだろうけど……納得はしちゃうな、鶫橋の愛読書が『人間失格』って」

中二病という言葉をオブラートに包むなら、鶫橋千明は変わり者の自由人だ。

幸いなのは、周りに迷惑をかけるタイプではないことだろうか。奇行に他人を巻き込むことはないし（そのぶん、傍から見ていてギョッとさせられるんだけど）、鶫橋さんが普段仲良くしている友人達も、彼女の行動を「自由だな～」と微笑ましく（半分呆《あき》れているだろうけど）見ているから。

「ねえ、鶫橋さんって、今日はどこでお弁当食べてるの？」

その仲良しグループに、私は試しに声をかけた。菅原は神妙な顔で後ろについてきた。

「知らん。今日は風に吹かれたい気分って言ってたから、また屋上じゃないの？」

鶫橋さんと特に仲のいい手島実奈《てじまみな》は、見事に呆れ半分という顔で天井を指さした。

「風に吹かれながら『人間失格』でも読んでるんじゃないかな」

手島さんの「あはっ」とちょっと甲高い声で笑うのに合わせて、机を寄せ合っていた他の女子達も肩を揺らす。笑い声に嘲《ちょう》笑《しょう》や侮蔑《ぶべつ》が隠れていないように聞こえるのが幸いだけれど、私は彼女達に合わせて笑うべきなのか迷った。

神妙な顔をしたまま、菅原が手島さんに歩み寄ったから。

「鶉橋って、屋上以外に普段はどこにいるの？」

「なあに？　菅原、千明に何の用？」

いたずらっぽく笑った手島さんは、あえてなのか、それ以上は聞いてこなかった。

「中二病の考えることはわからん。なんか、それっぽく格好いいところにいるんじゃない？」

結局鶉橋さんの行き先はわからないまま、私と菅原は教室を出た。屋上、非常階段、空き教室のベランダ、体育館裏と、それらしいところを回ったけれど、鶉橋さんの姿はなかった。

その間、菅原にしつこく「鶉橋さんに何の用があるの？」と問いかけたけれど、彼ははぐらかすばかりで答えてくれなかった。どうやら、クラスメイトであり同じ美術部のメンバーである私にも知られたくはないらしい。

そうやって辿り着いたのが、プールだった。

蔦《つた》の絡まったフェンスに囲まれたプールは、数日前にプール開きを迎えたばかりだ。期末テストが終わるのと同時に綺麗な水が張られ、水面で太陽の光が跳ね回っている。

プールサイドに、ポニーテールのすらりとした女子生徒がいた。レーンごとに並ぶ飛び込み台の一つに腰掛け、お弁当箱を片手に塩素の香りが混じった風に目を細めていた。

「あ、いた」

呟いた菅原は、鍵のかかった門を乗り越え、無言で彼女の背後に近づいていった。ご丁寧に私には「本郷はそこで待ってて」なんて言って。

私にすら聞かれたくないような秘密の話を、鶉橋さんとしたいのだろうか。私の疑念を茶化して笑うみたいに、菅原は鶉橋さんの背中に寄りそうようにそっと声をかけた。

彼の口が「ねえ、鶉橋」と動いたのだけ、わかった。

驚いて肩を強ばらせた鶉橋さんが振り返って——お弁当箱を放り出し、菅原の襟首《えりくび》を摑んで、柔道の投げ技みたいにプールに突き落とした。

そういえば、鶉橋さんは去年の体育で柔道をやったとき、先生に「筋がいいぞ」と言われてたっけ。

*

「いやー、びっくりしちゃって」

何食わぬ顔で鶉橋さんは後頭部を掻いた。ちょっと芝居がかった仕草に、担任の牧《まき》先生が戸惑ったのがわかる。その隣に座る生徒指導部の長谷川《はせがわ》先生は、あからさまに顔を顰《しか》めた。

「どうやら、びっくりさせたみたいです」

鶉橋さんの横には、神妙な顔をした菅原がいる。しっとり濡れた髪に、体育用のジャージに、首にはタオル。一人だけプールの授業後みたいな格好だ。

菅原とセットで狭苦しい生徒指導室に連れてこられた私が、一番立つ瀬がない。

「鶉橋は、どうしてプールにいたんだ」

牧先生の問いに、鶉橋さんはとぼけたように首を傾《かし》げる。なんだか、表情が女優っぽい。作りものじみているわけじゃないのに、不思議な引力がある横顔だった。同じ空間にいるのに、客席で映画を観ている気分になる。

「今日の昼ごはんは、そういう気分だったんです」

「そういう気分とは？」

「海を感じたかったんです。今日は雨も降ってないし、こんな日は教室にこもってないで、日差しの下にいたいじゃないですか。プールの側で海風に吹かれてると、海の側にいる気分になれるというか」

「水泳部じゃない生徒は、授業以外ではプールに入っちゃいけないって知らなかった？」

「知ってはいたんですけど、本能には逆らえなかったというか。プールの水、宝石みたいに光ってて綺麗だったんです。それに引き寄せられてしまった」

まずい、牧先生より先に、そろそろ長谷川先生が怒り出しそうな予感がする。菅原もそれを察知したのか、いやに大きな唸《うな》り声を上げた。

「鶉橋が何してるのかなーと思って忍び寄った俺がいけなかったですね。びっくりしたら投げ飛ばすくらいしちゃいますよね、防衛本能として」

一応、被害者と加害者という関係なのに、何故か鶉橋さんをフォローするような口振りだ。その態度がいけないのか、長谷川先生のこめかみに青筋が走るのがわかった。

結局、びっくりしたとはいえクラスメイトをプールに突き落とした鶉橋さんが全面的に悪いということになって、私と菅原は昼休みが終わる前に解放された。鶉橋さんはお説教の延長戦

濡れた前髪を手で梳《す》きながら、

に突入するらしい。

「鶉橋って、いつもあんな感じだよね？」

生徒指導室から充分に離れたところで、菅原が唐突に呟いた。濡れた前髪を手で梳《す》きながら、眉間に皺《しわ》を寄せる。

「だと思うけど。長谷川先生がいつ怒り出すかヒヤヒヤしたよ。本能には逆らえなかったとか言い出すんだもん」

「怒ってなかったな」

菅原の表情は変わらない。

「鶉橋、怒ってなかった」

「どういうこと」

「俺をプールにぶん投げたときは、鶉橋がものすごく怒った顔をしてた」

「びっくりしたんじゃなくて？　菅原に怒ったってこと？　いきなり声をかけたから……もしくは、中二病タイムを邪魔されたから？」

「わかんないけど」

二年一組のある三階に向かって階段を上る菅原の足取りは、べたべたと湿っていて重たい。自分の足下を見下ろす彼の横顔は、何かを考えている。プールサイドに落ちたお弁当のおかずを拾って食べたときと同じだ。

「謝んないとなあ……」

「え、プールに落とされたのに、菅原が謝るの?」

「鶉橋に聞きたいことがあってさ、怒らせたなら、まず謝らないと」

聞きたいことって何? そう問いかけたかったのに、菅原は振り払うように軽快に階段を上がっていってしまう。

鶉橋さんが菅原をプールに突き落としたという話は、教室に戻った頃にはみんなに知れ渡っていた。みんなというのが果たしてどれほどの規模なのかなんとも言えないけれど、とりあえず私達のいる二年一組の教室には綺麗に浸透している状態だ。

ジャージ姿で席に着いた菅原に、側にいた男子達は「ホントに落とされたのかよ!」と色めき立ったし、それを遠巻きに見ていた女子は女子で「本当に落とされたんだ……」と頬を引き攣《つ》らせた。

同じクラスの女子が、同じクラスの男子をプールに突き落とした。何事だ? もしかして痴《ち》話喧《わ》嘩か? そんなピンク色のざわめきがあちこちに見えて、どうにも居心地が悪い。私に事情を聞きたがっている子が、前の席にも後ろの席にもいる。

もしかしたら、私も同じかもしれない。菅原が言った「鶉橋に聞きたいこと」に、足の裏や背中がむずむずして仕方がない。

そのまま、五時間目の授業が始まった。鶉橋さんは教室に戻ってこなかった。

私の席は教室の後方で、黒板を見ていると菅原の背中がときどき視界に入る。夏用の制服ばかりの中、深緑色のジャージはどうしたって目立っていて、無意識に見つめてしまう。

午後の授業の間、菅原がずっと何かを考えているのがその背中から伝わってきた。ときどき先生に見えないように机の下で二つ折りの携帯を開いて、せこせこと何かしている。

菅原の携帯の待ち受けがぼんやり青く光るのを眺めながら、私はそんな彼のことをずっと考えていた。どうしてだか、私の方が古文の先生に「本郷藍《あい》さん、期末テストが終わったからってボーッとしてちゃダメよ」と注意された。

＊

六時間目の授業が終わった瞬間、菅原は真っ先に手島さんの席に行った。髪はすっかり乾いて、もわっと変な広がり方をしていた。

思わず、彼についていった。さも、私も用がありますという顔で。

「ねえ手島、鶏橋って、どうしていつも一人で弁当食べてるの？」

手島さんの机の横に屈み込んだ菅原は、覗き込むようにして彼女の顔を見上げた。

「え、菅原、まさかプールに落とされた仕返しでもする気っ？　千明が一人の隙を狙って？」

ギョッと目を丸くした手島さんの声は思いのほか大きく、離れたところにいた同じグループの女子達が一人、二人と集まってきてしまう。花に集まる蜜蜂状態だった。

お構いなしに菅原は「えー、そんなことしないよ」と首を横に振った。

「ただ、ちょっと気になったから。俺をプールにぶん投げるほど、一人の時間を邪魔されるのが嫌だったのかと思って」

「千明の考えてることは深く考えるだけ無駄だからなあ。あの子、自由人だから。好き嫌いも激しいし頑固だし」

ねー？ と手島さんが笑いながら友人達を見回す。そこから、菅原がわざわざ問いかける必要もなかった。手島さんを筆頭に、鶉橋さんの話を次々してくれた。

「意外とさ、中三までは普通だったんだよね。小学校の頃だって別に変じゃなかった。なんで高校生になってから中二病になるかなあ、ちょっと遅くない？」

「違う違う、中三の頃はもう発症してた。ほら、修学旅行のグループ行動のときもさ、唐突に単独行動始めたし」

「あったあった。お昼に食べたお蕎麦《そば》、美味しかったのに」

「結局、夕飯の時間までにホテルに戻ってこなかったんだよね。ロビーでお説教されてたし」

「そう、それでねえ、もう修学旅行のあとはあの調子よ。風みたいな女になったわけ。今日は風を感じたい気分なんだよね～」

鶉橋さんの物真似をしながら、手島さんがグイッと菅原の前に人差し指を突き出す。「そ、そうなんだ」と気圧されながらも彼は相槌《あいづち》を打った。

「やっぱりさあ、原因はアレだよね、『人間失格』」

「太宰治の？」

恐る恐る聞いた私に、手島さんは深々と頷く。他の子達も「アレだよね～」「完全にアレで発症したよね」と、どこかしみじみとした顔で同意する。同い年の友達ではあるのだが、手のかかる妹や後輩を「しょうがない子だ」と撫《な》で回すような口振りで。

「うちらが中三のときにさ、『人間失格』の表紙が新しくなって売られ出したの覚えてない？『DEATH NOTE』の人の絵で」

そういえば、そんなことがあった。随分と話題になったらしく、私が通っていた中学の図書室にもわざわざ新刊として入ってきた。『人間失格』なんて年季の入ったものがもう何冊もあったのに。

「そっか、鶉橋さん、それがきっかけで『人間失格』を読んで」

中二病に——とは明言しないでおく。

「恥の多い生涯を送って来ました……ってね。でも、不幸中の幸い？　なのは、重度にはならなかったことだよ。ほら、学校に包帯とか眼帯して来ちゃったりさ、真っ黒なノートに設定ばかり盛り盛りの小説書いちゃったり、グラウンドに魔法陣書き出しちゃったりとかさ」

「ま、まあ、それに比べたら、軽症なのか……」

そんな漫画みたいな中二病、本当にいるんだろうか。

「ありがとう」

鶉橋さんのエピソードをまだまだ話したそうな手島さん達を遮《さえぎ》って、菅原は唐突に礼を言った。

「よくわかった」

踵《きびす》を返した菅原は、自分の机に置かれた鞄を摑み、教室を出ていこうとする。

「帰りのホームルームやるぞ〜」

出席簿と配布物を手に、牧先生が来た。教室のあちこちにたむろしていた生徒達が席に着く。もどかしそうに足を止めた菅原は、牧先生の顔をじっと見つめながら、無言で椅子を引いた。

鶉橋さんは、ホームルームが始まっても教室には来なかった。


「鶉橋さんの悪口大会になったらどうしようかと思ったよ」

ホームルームが終わると同時に教室を出た菅原を追いかけ、何食わぬ顔で横に並んだ。今日が掃除当番の日じゃなくてよかった。

菅原はきっと、鶉橋さんに会いに行くだろうから。

「ああー、女子ってそういうところあるよね」

「仲良しグループなのに、一人がいなくなったら突然始まるからね」

私にだってクラスに仲のいい友人グループがあるけれど、私がいないとき——そう、例えば今、誰かがお菓子でも食べるみたいに「藍ってさ〜」と口火を切って、日頃言えない私の悪口を言っているかも。

「男子ってさ、そういうのないよね」

「どうだろう？　あるっちゃあるんじゃないかな。女子の前じゃ格好悪くてやらないだけで」

「そういうもの？」

「男子って、女子から情けない奴って思われたら死んじゃう生き物だから」

「そういうものか」

菅原も、そうなのだろうか。

「ねえ、鶉橋さんに会いに行くんでしょう?」

はっきりとした足取りで廊下を進む菅原は、「まあね」と短く頷いた。迷うことなく、階段を下りていく。

「俺が見ちゃいけないものを見たから、鶉橋は怒ったんだと思う」

「見ちゃいけないものって? プールでお弁当食べようとしてたこと?」

「鶉橋の弁当、肉が入ってなかったんだよね」

少し前を歩く菅原の後頭部を凝視《ぎょうし》する。菅原は私より背が高いから、一段低いところにいる彼と、ちょうど同じくらいの目線になる。

「入ってたよ、豚肉。角煮みたいなの」

ほら、菅原が食べたやつ——言いかけて、菅原が息を吸う音に声を奪われる。

「あれ、肉っぽく見えたけどお麩《ふ》だったよ。肉みたいな味と食感なのに、肉じゃなかった」

「肉じゃなかった?」

「潰れ方が明らかに肉じゃなかったから、変だなと思って食べたら、肉じゃなかったんだよ」

日差しの反射が眩しいプールサイドで、地面に落ちたお弁当のおかずを口に含んだ菅原を思い出す。

ポタポタと前髪から雫が落ちるのもお構いなしに、彼は平然と顎を上下させていた。

「バームクーヘンみたいに丸く焼き目のついたお麩ってあるでしょ？　あれって、濃いめの味付けをすると肉の代用品になるらしいよ」

「なんでそんなこと菅原が知ってるの」

「午後の授業の間にせっせと携帯で調べた」

ああ、あれはそういうことだったのか。

「あと、プールに落ちちゃった鶉橋の本、『人間失格』じゃなくて宮沢賢治の『ビジテリアン大祭』だった」

聞いたことのないタイトルに、咄嗟《とっさ》に顔を顰めてしまう。

「ビジテリアンって、ベジタリアンってこと？　鶉橋さんも？」

じゃあ——思わず足を止めた私を、踊り場から菅原が振り返る。プールの塩素水のせいなのか、ごわごわと広がってしまった髪を鬱陶《うっとう》しそうに梳きながら、彼ははっきり「じゃないかな」と言った。

「え、じゃあ、お肉が食べられないことを隠したくて、いつも一人でお弁当を食べてるの？　別によくない？　お肉食べられなくたってさ」

体にはよくないだろうけれど、ダイエットのためにコンビニのサラダしか食べない女子生徒だっている。別にお肉を食べなくたって、まさかそれでいじめられるわけでもないだろうに。

「そうなんだよ。肉が食べたくない、食べられないってだけなら、わざわざ一人で弁当を食べなくてもいいよなって俺も思った。肉っぽく調理したお麩をおかずに入れてるんだから、おかずの交換でもしない限りばれないだろうし、変だなーって思って」

菅原の視線が宙を泳ぐ。踊り場の窓から差し込む陽の光は、放課後になってもぎらぎらと眩しい。梅雨の中休みとはいえ、日差しはすっかり真夏の顔をしている。

「大体、鶉橋のキャラなら、肉を食べなくても不思議じゃないし」

「『生き物の命を食べるのは私の生き方に反するの』とか、言ってもおかしくない、かも」

鶉橋さんが「やれやれ……」という顔で笑うのが易々と想像できてしまった。やっぱり、言ってもおかしくない。きっと手島さん達も「あーはいはい」と受け流す。

部活に行くのだろうか。下級生らしき男子生徒が三人、慌ただしく階段を駆け下りていく。彼らが目の前を通り過ぎるのもお構いなしに、菅原は考え込んだままだった。

「手島達がさ、修学旅行のときに鶉橋が突然単独行動をし出したって言ってたよね」

「鶉橋さんが中二病を発症し始めた頃ね」

「『お昼に食べたお蕎麦、美味しかったのに』って手島は言ってたけど、つまりそれは、鶉橋は手島達と一緒に昼ごはんを食べなかったってことだよね」

「だろうね」

「しかもそのあと、夕飯の時間までにホテルに戻ってこなくて、先生に怒られたって」

「言ってたね」

「だよな」

菅原はそのまま階段を下っていく。それまでとは違う、焦りと確信が滲《にじ》んだ足取りで。

「ねえ、鶉橋さん、まだ学校にいるかな」

「いるとしたら、保健室じゃないかな」

一階に下りると、菅原は真っ直ぐ保健室へ向かった。引き戸には養護教諭が不在であるという札が下がっていたけれど、彼は構わずノックした。

応答はない。でも、菅原は「入りまーす」と一言断って、引き戸を勢いよく開けた。

鶉橋さんがいた。窓辺のテーブルから、ドライヤー片手にギョッとした顔でこちらを振り返った。

「菅原……と、本郷さん」

私の名前は、掠《かす》れてほとんど聞こえなかった。

「ごめん」

つかつかと真っ直ぐ鶉橋さんに歩み寄った菅原は、長身を折り畳むようにして頭を下げた。

一歩後退った彼女は、瞬《まばた》きを繰り返しながら菅原と私を交互に見る。

「鶉橋が他人に見られたくないと思ってるものを、勝手に見た」

顔を上げた菅原を凝視して、鶉橋さんはぎこちない動きで手にしていたドライヤーをテーブルに置いた。

手元には、ぼろぼろに波打った文庫本が一冊。宮沢賢治の『ビジテリアン大祭』だった。

「なに、いきなり」

絞り出すように呟いた鶉橋さんを、菅原が見据える。

「鶉橋、俺をプールに突き落としたとき、ものすごく怒ってた。怒った理由は、鶉橋がごはんを食べてるところを俺が見たからだろ？」

生徒が二人、保健室前の廊下を歩いていく。友人なのかクラスメイトなのか、誰かの悪口を笑いながら言い合っているのが微かに聞こえた。

それくらい、保健室は静かだった。

「どうして友達とお昼を食べないんだろうって、いつも思ってた。ベジタリアンなのをからかわれたくないのかなと思ったけど、それじゃあ俺に怒った理由がわからなかった。手島達に話を聞いて、肉を食べないことじゃなくて、食事をしてる自分を誰にも見られたくないから、昼休みはいつも一人でいるんだと思った」

は？　と声を上げそうになった。食事をしている自分を誰にも見られたくないなんて、そんなの、生きる上で支障しかない。寝顔を見られたくないとか、歌っているところを見られたくないとか、そんなレベルの話じゃない。学校生活なんてまともに送れない。

なのに、鶉橋さんは両目を見開いたまま動かなかった。アーモンドみたいな綺麗な形をした目に蛍光灯の光が差して、小さく震える。

「え、嘘」

今度こそ、声に出してしまった。

菅原と鶉橋さんが、合図を送り合ったみたいに揃って私を見る。二人とも、困惑している私がおかしいとでも言いたげな顔をしていた。

「え、本当に？　鶉橋さん、ごはん食べてるところを見られたくないから、昼休みにどっか行ってたの？」

鶉橋さんは答えない。菅原が、わざとらしく咳払いして説明し出す。

「そもそも、他人と食事ができないことを隠すための、その……不思議キャラというか……」

「中二病キャラでしょ？　みんな言ってるもんね」

ふふっと笑った鶉橋さんが、菅原を凝視する。一度は緩めた表情をすぐに強ばらせ、静かに菅原に深々と頭を下げた。

「昼休みはごめんなさい。いきなり酷いことをしました」

どうして二人だけでわかり合って、納得し合って、謝罪し合うの。見事に蚊帳《かや》の外に置かれた手持ち無沙汰な自分を誤魔化すように、私は聞いてしまう。

「どうして、他人と食事できないの」

「私も、変だなって思ってるよ」

そこで言葉を切った鶉橋さんは、小さく肩を竦《すく》めて背後のテーブルにゆっくり腰掛けた。

「といっても、原因はわかってるんだ。給食なんだよ、きっかけは」

長い脚を優雅に揺らし、今度は深い溜め息をつく。無駄な脂肪のないすらりとした体は、ベジタリアンだからなのかな。そんなことを思った。

「私、昔から肉を食べるのが無理でさ。アレルギーってわけじゃないんだけど、脂身の食感と匂いがダメなんだよね。鶏は我慢すれば何とかなるけど、豚と牛は本当に無理。噛んだ瞬間に嘔吐《えず》いちゃうくらい苦手。少しでも克服できるようにって、お母さんがお麩でお肉もどきのおかずを作ってくれるんだけど、高校生になってもどうしても本物の肉は好きになれない」

肉の匂いと脂身の食感を思い出したのか、鶉橋さんは顰めっ面をする。ああ、本当に嫌いなんだ。セロリを前にしたうちのお母さんと全く同じ顔だ。

「学校の給食でも、肉が出ると残してたんだ。でも、小三のときの担任が残すのを絶対に許さないタイプの人でさ」

そういえば小学生の頃、担任によって〈お残し〉が許されない年があった。牛乳やピーマンが嫌いだという子が、みんなが片付けをしている最中に教室の隅で強制的に食べさせられていたっけ。「ピーマンくらい食べろよ！」なんて友達にからかわれながら、半ベソでピーマンを口に運ぶ子もいた。

「昼休みになっても、掃除の時間になっても、許してくれないの。あなたの我儘《わまま》のせいで授業が始められなくてみんなが迷惑していますとか、他の子は好き嫌いせず食べているのに恥ずかしくないんですかとか、そういう問い詰め方をするんだよね。で、最後は冷めてカチカチになったお肉を無理矢理私の口に入れるの」

わかる。鶉橋さんと同じ小学校に通ったわけではないのに、不思議と目に浮かぶ。多分、似たような光景を私も菅原も、小学校のどこかで見てきた。

「それを見てた友達がね、よかれと思って私に言うの。『好き嫌いしないで食べないとダメだよ』って。私が先生に怒られないように、給食中に注意してくるようになった。食べなきゃダメだよ、ほら食べて、最初に食べちゃえばいいんだよ、みんなでせーので食べようよ、三年生にもなって恥ずかしいよ、我が儘はダメだよ、って。だんだん、家族以外とごはんを食べるのが嫌……っていうか、怖いって思うようになっちゃったんだよね」

地獄だったなあ。鶉橋さんは確かにそう呟いた。

「給食の時間、本当に嫌いだった。食べるところを見られるのが嫌だって実奈に言ったことがあるんだけど、全然わかってもらえなかったし」

実奈って誰だっけ……という顔をした菅原に、口パクで「手島さんだよ」と教えてやる。もしかしたら、小学生の鶉橋さんに最初に「好き嫌いしないで食べないとダメだよ」と言った友達も、彼女なのかもしれない。鶉橋さんのことを「好き嫌いも激しいし頑固だし」と言った彼女の顔を思い浮かべたら、そんな気がした。

「高校は給食がないけど、友達とお弁当を食べるのは一緒でしょう？　わざわざ一人で食べるなんてさ、感じ悪いじゃない？　仲間外れにされるきっかけになるかもしれないから、結局中学と一緒なんだよなって思って、すごく憂鬱だったの。でも中三の修学旅行の頃にね、そういうことができちゃう変わり者になっちゃえばいいんじゃないかって閃《ひらめ》いて」

「太宰治の『人間失格』で？」

ずっと黙っていた菅原が口を開いた。鶉橋さんは驚いた様子もなく、「格好いい表紙だったから、漫画と勘違いして買っちゃったんだよね」と笑った。

『人間失格』は、「愛されるために道化を演じる主人公」の物語だ。

「クラスにいたんだよね、突然包帯を腕に巻いて登校してきた男の子。真っ黒なノートにクラスメイトを皆殺しにする小説を書いていて、友達に読ませてたの。さすがにこれは無理だけど、似たようなことをやってみたらいいんじゃないかと思って」

「それで、鶏橋は修学旅行の最中にいきなり単独行動を始めたんだ。手島達とお昼を食べなくて済むように。みんなとホテルで夕飯を食べないで済むように」

「集合時間を破ったから先生には怒られたけどさ、実奈達は『突然の中二病だな～』って呆れて笑ってて、別に仲間外れにもされなくて」

「高校でもこれで行こうと決めた？」

「うん、ほどほどに、友達に嫌われない程度の変人というか、中二病キャラでいこうと決めたの。あ、でも、勘違いしないでね。私、実奈達と一緒にいるのは楽しいんだよ。無理して友達してるわけじゃない。じゃなかったら、一緒の高校を受験したりしない。みんないい子だから、嫌われたくないんだ」

鶏橋さんが私を見た。本郷さんはわかってくれなくていいよ。そう言われた気がした。

「プールで菅原が話しかけてきたとき、私、思いきりごはんを口に入れててさ。全身が強ばって、冷や汗も出ちゃって、どうしてこの穏やかな時間を邪魔するのって怒りも湧いちゃって、思わず菅原を投げ飛ばしちゃったんだ」

ごめんね、と再び謝った鶏橋さんに、菅原は首を横に振る。

「別に鶉橋がどういう理由で一人で弁当を食べようと構わないんだ。ただ怒らせたなら謝りたいし、それに、どうしても教えてほしいことがあるから」

「私に教えてほしいこと？」

菅原が私を見る。それも、とびきり困った顔で。

「え、何？　私に聞かれたら困ること？」

「そういうわけじゃないんだけど……いや、そういうことといえばそういうことというか……」

「嫌なら外で待ってるけど？」

私が機嫌を損ねたのを敏感に察知したらしい菅原は、「いえ、いいです」と腹立たしいほど丁寧に私に一礼し、鶉橋さんに向き直る。

「期末テストの期間中にさ、鶉橋、自習室を使ったよね？」

「うん、放課後に毎日使ってたと思うけど」

「多分、先週の火曜日だったと思うんだけど、俺が使ってた席、鶉橋に譲ったの覚えてる？」

「あ、あのときはありがとう。満席だったからどうしようって思ってたんだよね」

「うん、そう、それはいいの。全然いいの。たいして集中して勉強してなかったから、それは全然、お礼言われるほどでもないっていうか」

歯切れ悪くまどろっこしく言って、菅原がまた私を見る。どうして私を見るんだ。

「あのさ、あのとき、ボールペンを見なかった？　綺麗な水色の、細いやつなんだけど。銀色でブランドのロゴが入ってて……」

菅原が口にしたブランド名に、堪《たま》らず私は「ええっ？」と大声を上げてしまった。

「菅原、それって、岩渕《いわぶち》先輩が卒業式にくれたやつじゃ」

「……はい、そうです。その通りです」

バツが悪そうに頷いた菅原に、言葉を失った。

私と菅原が所属する美術部の部長だった岩渕香子《かこ》先輩は、今年の三月に卒業していった。卒業式後の送別会で花束を贈った私と菅原に、先輩は「二人は特に仲良くしてくれたからね」とボールペンをプレゼントしてくれたのだ。

ブランド物の、細身でシックなペンだった。私には名前にちなんで藍色を、菅原には明るい水色を色違いでくれた。「お揃いになっちゃって悪いね」と笑いながら。

「まさか菅原、岩渕先輩にもらったボールペン、なくしたの？　しかも先週の火曜日になくして、今日まで気づかなかったの？　一週間たってるじゃん」

菅原は答えない。それどころか、いたずらを隠す子供みたいに、私から顔を背ける。

「ごめん、菅原のボールペンは、見てない」

状況を飲み込めない様子の鶉橋さんが、申し訳なさそうに首を横に振る。

「落とし物コーナーは見てないの？」

「今日の朝イチでチェックしたし、自習室も捜し回ったし、職員室にも届いてないか確認したけど、なかった」

「じゃあ、どこか別の場所でなくしたんじゃないの？」

さらりと言ってのける鶉橋さんに、菅原はがっくりとうな垂れる。両腕がそのまま抜け落ちそうなほどの落胆ぶりだった。

それを可哀想に思ったのか、鶉橋さんが床に置いてあった鞄に手を伸ばし、ペンケースの中を確認してくれた。でも、菅原のボールペンはなかった。

「なんか、ごめんね、役に立てなくて」

「これは鶉橋さんのせいじゃないよ。これは菅原の……何というか、悪癖が原因だから」

何も返せない菅原に代わってフォローを入れる。〈悪癖〉とちょっと棘《とげ》のある言い方をしてしまったが、菅原のコレは〈悪癖〉としか表現しようがないから困る。

「菅原って、よく忘れるしよく落とすしよくなくすんだよ。自分のものはなくさないのに、人からプレゼントされたような大事なものに限って、どこかにやっちゃうの」

最近だと何があっただろうか。美術部の先輩の旅行土産をイーゼルの横にぽいっと放置して帰ろうとしたことがあった。今年のバレンタインだって、明らかな本命チョコらしきものが机に入っていたのに、持って帰るのを忘れて翌日担任に没収されたと聞いた。

菅原は人懐っこい性格をしている。飄々として捉えどころのない部分はあるけれど、悪いやつではない。というか、嫌な奴だったら岩渕先輩はボールペンなんて贈らなかっただろう。

でも、菅原は不義理をする。誰かの想いをポイ捨てするような、薄情な悪癖を持っている。

「でも、それにしたって、岩渕先輩からもらったものを……」

岩渕先輩は、特に菅原を可愛がっていた。変な意味はなく、弟を見守るような目で菅原を構っていた。菅原の悪癖が発動するたび、先輩がさり気なく言葉をかけて、彼が部内で爪弾きにされないようにフォローした。

「わかってるよ。とんでもなく非道なことをしたって、俺が一番わかってるって。本郷が怒ってわかってたから、プールに行ったときもこっそり鶉橋に聞きに行ったんだよ」

反省してるからそれ以上言わないで、という顔で頭を振った菅原を、鶉橋さんが見ている。瞬きを三度して、頬を緩めたのがわかった。

「一緒だね」

暗闇で仲間を見つけたみたいな顔を、彼女はする。

「悪癖か、いいね、その呼び方。私のも悪癖だ」

「いや、鶉橋のは悪癖じゃなくて……『みんなでごはん恐怖症』だよ」

「みんなでごはん恐怖症？」

「だって、鶉橋のは生まれながらの悪癖じゃない。給食を残すのを許さなかった担任のせいだ。要は、後天性ってこと。鶉橋は悪くない。むしろ、恐怖症と上手く付き合うためにすごく頑張ってる」

俺のは、違うから。

小さくそう呟いて、菅原はテーブルの上の『ビジテリアン大祭』を手に取った。乾きはしたが、ページが見事に波打って大きく広がっている。これはもう、元には戻らないだろう。

「これ、図書室のでしょう？　俺が弁償するよ」

「いいよ、落としたのは私だし」

「じゃあ、割り勘にしよう。それでお互い、今回のことは忘れるってことで」

本の値段を確認し、菅原が鞄から財布を出して、二百五十円を鶉橋さんに渡す。

みんなでごはん恐怖症と、人からの贈り物に不義理をする悪癖。一体どこに通ずるものがあるのか、鶉橋さんは何も言わず菅原から硬貨を受け取った。


本屋で『ビジテリアン大祭』を買って帰るという鶉橋さんと、昇降口で別れた。活動開始時刻はとっくに過ぎているが、私と菅原は美術室に行くことにした。どのみち、美術部の活動はいつだって時間も熱量もルーズだから。

「どこ行っちゃったかなあ、ボールペン」

何度目かわからない溜め息をこぼした菅原に、呆れて笑いが込み上げてしまう。そんなに落ち込むのに、どうしてなくしてしまうのか。

「鶉橋さんの言う通り、自習室以外のところでなくしたのかもよ？　そのうち出てくるかも」

それでも、菅原の表情は晴れない。これまでの経験則で、ボールペンがもう見つからないことを悟っているのかもしれない。

「手島達から話を聞いてるとき、鶉橋も何か悪癖に困ってるのかと思ったんだ。でも、鶉橋のみんなでごはん恐怖症は後天性だった。俺の悪癖は、いくら考えても理由がない」

何かのトラウマで生まれたわけではなく、生まれながらに持っている悪癖。途方に暮れた顔で、菅原は「理由がない」と繰り返す。

鶉橋さんのみんなでごはん恐怖症も、自分と同じ先天性のものであってほしい。そんなことを願いながら、保健室に向かったのだろうか。彼女が『ビジテリアン大祭』を必死に乾かしていると――そういう優しい人なのだと、信じて。

迷子の子犬みたいな顔をする菅原に、溜め息をつくのは私の番だった。なんだか、彼を構っていた岩渕先輩の気持ちがちょっとわかる。

「菅原の不義理な悪癖は、菅原が絵が上手いのと一緒で、生まれ持った個性ってことなんじゃない？　鶉橋さんが、生まれつきお肉が苦手なようにさ」

これはフォローなのだろうか。菅原の気持ちは、この程度では軽くならない気がする。直せないんだから諦めて抱えて生きていけ、ということなんだから。

「本郷、なんか優しくない？」

「私はいつも優しいじゃない」

「岩渕先輩にもらったボールペンをなくしたって本郷に知られたら、怒られるだろうし、絶対に軽蔑されると思ったから」

「え、菅原、私に軽蔑されたくなかったんだ」

あははっと笑い飛ばしたら、菅原は不思議なほど凪《な》いだ表情をした。夜明け前の海みたいな目で、じっと私を見据える。

菅原越しに、窓の向こうの海が見えた。深い藍色に、傾きかけた日差しが白い筋を作っている。

「そりゃあ、ね。軽蔑なんてされたくないよ」

「へえ、そうなんだ」

どうしてか、彼の頬を一発叩いてやりたい衝動に駆られた。右手を握り込んで我慢した。我慢などしなくても、彼にビンタをすることなんてできなかっただろうに。

——男子って、女子から情けない奴って思われたら死んじゃう生き物だから。

菅原はそう言ったけれど、情けない奴と思われるよりずっと、彼は「岩渕先輩からの贈り物をなくす奴」と思われる方が怖いらしい。

こういうところだ。こういうところが、どうにも菅原を憎めない。糸が切れた凧《たこ》みたいにマイペースにふわふわしているくせに、ときどき寂しそうにこちらの顔色を窺ってくる。

悪癖が発動してしまったときは、いつもそう。

「うーん、まあ、呆れはしたし、何やってんのとも思ったけど」

みんなでごはん恐怖症を鶉橋さんが打ち明けてくれたとき、「人前でごはんが食べられないって何それ」と思った。意味がわからないという顔で、彼女に「本当に?」と聞いた。

別に、悪気なんてなかった。本当に、心の底から理解ができなかった。全人類がそうだと思って「え、嘘」と言った。「え、本当に?」と問いかけた。

今となっては、それがものすごく無神経で、酷い言葉だった気がしてくる。

小学生の鶉橋さんの苦しみを「好き嫌い」としか認識しなかった担任の先生や、よかれと思って注意した友達や、人とごはんを食べるのが苦痛だと訴えた彼女に理解を示さなかった手島さん。たぶん、鶉橋さんにとっては、私もそちら側の人間なのだと思う。

悪気はなかったはずなのに〈そちら側〉に入ってしまったことが無性に居心地が悪くて、恥ずかしくて、腹立たしくもあって、罪悪感ももちろんあった。

「菅原とは、仲良くしていたいからね。クラスも部活も一緒だし」

去年までは五人もいた美術部の同級生も、いつの間にか私と菅原の二人になってしまった。だから、せめて菅原には、彼の抱えた悪癖を理解しようとしている姿勢くらいは見せられたらいいなと思った。

蕾がゆっくり開くみたいに足を止めた菅原が、私を見る。「……何か?」と白々しく首を傾げたら、彼は歯を覗かせて肩を揺らした。

いつもの菅原の笑い方だ。〈飄々〉を辞書で引いたら、きっと菅原のこの顔が出てくる。

「ありがと、本郷」

「それはそれとして、酷い忘れ方をしたら怒るからね?」

「ええー、怒るのぉ?」

「怒られたくないからって、今よりもっと気をつけるようになるんじゃない?」

ニヤリと笑った私から、菅原はわざとらしく目を逸《そ》らす。それだけでは足りず、早歩きで私から距離を取った。

「コラ、逃げるな」

窓から廊下にこぼれる日差しが、菅原のジャージを照らした。

まだ梅雨明けは先だろうけれど、きっと今年の夏も暑くなる。

◆　◆　◆

結局、その年の梅雨が明けても、いつもよりちょっと涼しい夏休みに入っても、九月になっても、菅原がなくしたボールペンは見つからなかったんですよ。

菅原が三年生になっても、高校の卒業式を迎えても、見つからなかった。

それでも、菅原はまた悪癖を発動させちゃう。心から大事に思っているはずのものを、鼻歌でも歌うように、ぽろっとなくしちゃう。私も、悪気はないんだとわかっていても、呆れて怒っちゃうことが結構ありました。

しょうがないか、菅原だもん。そう思えるようになった頃には、もう高校三年生の冬でした。

第三話　黄色い花の下で　菅原晋也、高校三年の秋

十月も下旬に入ると最低気温が十度を切る日もちらほらと出始め、美術室に吹きつける海からの風がごりごりと荒っぽいものになる。

風に打たれた窓がガタンと鳴って、寒々しい音に思わず身震いをしてしまった。それに気づいたのか、側のデスクでパソコンに向かっていた紀本《のりもと》先生が「寒いねぇ」と呟いた。

「準備室は静かで仕事が捗るけど、冷えるのがちょっとね」

膝掛けの位置を直し、紀本先生は部屋の隅に置かれたストーブを見て「まだストーブには早いし」と苦笑する。

校舎の四階にある美術準備室は確かに静かで、人の出入りが激しい職員室にいるより事務作業が捗る。あそこにいると自分のクラスに関係ない仕事が四方から飛んでくるから、「美大受験の生徒の指導がありますので」とこちらに引きこもっていられるのは正直ありがたかった。

「早坂《はやさか》先生、コーヒー飲む？」

紀本先生は、およそ八年前――僕がこの廻館《まわりたて》高校の生徒だった頃から美術教師をしていた。その紀本先生から「早坂先生」と呼ばれるのは、母校に赴任してもう三年になるというのに未だに慣れない。

「僕もちょうど飲みたかったんで、淹れますよ」

棚に置かれた電気ポットの前にキャスター付きの椅子ごと滑っていく。インスタントコーヒーを入れたカップを注ぎ口に持っていくと、カポォ、ゴホォと音を立てて熱湯が吐き出される。

「そのポット、もう寿命じゃないかな。壊れないと買い換えてもらえないから困っちゃう」

ふふっ、ふふっ。紀本先生は自分の愚痴《ぐち》に自分で笑う。昔からそうだった。こんなわかりやすく温厚な教師が現実にいるものなのかと首を傾《かし》げてしまうくらい、穏やかそのものの先生だ。

「今日は美術室も静かね。菅原《すがわら》君、来てないの？」

「朝作業してたんで、昼休みは来ないみたいですね。また放課後に来るんじゃないかな」

「今年はあの子くらいしか美大志望がいないから、頑張ってほしいわねぇ」

菅原晋也《しんや》は僕が顧問を務める美術部の部員で、今年の三年生の中で唯一美大受験を希望している生徒だった。

コーヒーを受け取った先生は「受験指導、よろしく」と僕の肩を叩く。「あはは」と「ふふっ」の真ん中の、中途半端な笑い声が出た。

美術室と準備室を繋ぐドアがノックされたのは、そんなときだった。

「噂をすれば菅原君かしら」

「いや、このノックは違うんじゃないかな」

菅原晋也のノックはスキップするように軽快で、少しだけ無遠慮なのだ。ノックだけじゃない。普段から話し方も振る舞いもどこか飄々《ひょうひょう》としていて、素行が悪いわけではないのだが、どことなく摑めない部分がある。

この遠慮がちで丁寧なノックは、彼ではない。

「早坂先生、今日提出のレポート、まとめて持ってきました」

思った通り、ドアを開けたのは僕が担任をしている一年三組の小野寺宗平《おのでらそうへい》だった。

小野寺は三組の美術教科係をしている。加えて美術部員なこともあって、顔を合わせることの多い生徒だった。

「出してない子が五人くらいいるんですけど……」

「いいよ、レポート課題の提出率が低いのには慣れっこだ」

レポート用紙の束を小野寺から受け取った僕を、紀本先生が「早坂先生、そんな悲しいこと言わないの」と笑った。

「とは言っても、事実じゃないですか」

肩を竦《すく》めるしかない僕を、小野寺は遠慮がちに「でも」と見上げた。

「僕は結構楽しく書きましたよ。フェルメールを選んだんですけど、彼の人生や生きた時代について調べるのとか、面白かったです」

「さすがは美術部だな」

そのうえ、この子はクラスでも特に真面目な優等生タイプの生徒だ。せめてこういう子だけでもいいから、実技以外の美術の授業も楽しんでくれたらと思う。

美大志望でもない生徒にとって、美術の授業なんて息抜き程度……サボっても構わない惰性の授業だ。授業の内容はどうしたって絵を描いたり工作をしたりになり、たまに美術史について座学をすると、比較的真面目な生徒ですら居眠りを始める。

その授業を受けて「好きな画家の生涯と作品についてレポートにまとめる」なんて課題、提出率がいいわけがない。提出されたレポートだって、多くがウィキペディアの丸写しだろう。

「今日は菅原先輩は描いてないんですね」

美術室の方に視線をやって、小野寺は紀本先生と同じことを言う。

昼休みの美術室は無人で、教室の後方にキャンバスが立てかけられている。それも、縦が百六十センチ以上ある百号のキャンバスだ。

学校に一台しかない大型イーゼルに支えられているのは、花瓶に生けられた花の絵だった。

「ちょっと見てもいいですか？」

「いいけど、今朝描いてた分がまだ乾いてないだろうから、気をつけてね」

小野寺がそっと絵に歩み寄る。宝物の眠る洞窟を覗き見るような、興奮混じりの足取りだった。他人の絵に手を出すような子ではないとわかっているが、一応ついていくことにした。

乾ききっていない油絵の具の香りが、鼻の奥をツンと刺激してくる。

準備室よりずっと広い美術室の空気はひんやりと冷たい。秋を通り越して冬の息遣いが足下から染み入ってくる。

そんな中で、菅原晋也の絵は凛《りん》と胸を張っているようだった。

「菅原先輩がこのサイズの絵を描くの、初めて見ます」

「僕も初めてかもしれないな。受験用の絵だから、気合いが入ってるんじゃないかな」

来月、菅原晋也は東京の美大のＡＯ入試を受ける予定だ。試験は面接と小論文に加えて、これまでの作品をまとめたポートフォリオの提出も求められる。彼がこの数週間せっせと美術室でこの大きなキャンバスに向かっているのは、ポートフォリオの顔となる大作を仕上げるためだった。

「先輩なら過去の作品だけでも充分そうなのに」

「そうだね。でも、せっかくだから新しい絵を一枚描きたいんだって、前に言ってたよ」

「菅原先輩、どうして花の絵にしたんですか？」

小野寺の真っ当な問いに、小さく唸《うな》ってしまう。

「さあ、なんでなんだろうね」

「早坂先生、知らないんですか？」

驚かれるのも当然だった。僕が美術の先生で、美術部の顧問で、菅原は美大志望の美術部員。本来なら僕は菅原と一緒に募集要項を読み込んで、どんなテーマでどんなモチーフを描くか話し合い、合格を目指しみっちり指導しているはずなのだ。

「菅原は、僕の指導はいらないだろうから。むしろ僕がいろいろ言うと、彼の絵のいいところを潰しちゃうかもしれないだろう？」

小野寺は否定しなかった。「なるほど、そうかもしれないですね」と納得までしていた。

美大受験の指導は——正確には、美術の指導というものは、英語や数学の指導とは根本的に違う。もちろん美大に受かるために必要なテクニックやノウハウはあるけれど、それを感性と独学でクリアしてしまった生徒に教師が教えられることなど、ほとんどない。

いや、この言い方は主語が大きすぎて傲慢《ごうまん》かもしれない。正確には、僕程度の美術教師に教えられることなど、ない。

知識量で勝負できる国数英理社と違って、美術や音楽や体育は、いとも簡単に教師を飛び越えてしまう生徒がゴロゴロといる。高校生ともなれば、教えられている方もうっすら気づく。この先生は、自分より絵が下手で、感性も鈍く、発想力もたいしたことがない、と。

だから僕は、菅原の受験に口を出すことをやめた。正確には、はじめから放棄していた。

「君は一人でのびのび描いた方がいい。困ったことがあれば相談にのるから」

夏休み前、志望校の募集要項を持って美術準備室にやってきた菅原に、僕はそう告げた。

「……いいんですか？」

菅原の第一声は、「大丈夫でしょうか？」ではなく「いいんですか？」だった。僕は先生の指導なしで合格できるでしょうか？　ではない。美術教師であり顧問であるあなたを蔑《ないがし》ろにしてしまって、あなたの自尊心は傷つかないんですか——といったところか。

「僕が教えられるようなことは、菅原はもうとっくに身につけてるよ。それに、受験に特化したアドバイスなら予備校の先生に聞いた方が手っ取り早い」

僕の顔を見て、菅原は「確かに」という顔をした。声にこそ出さなかったが、間違いなくした。僕は気づかないふりをした。

そんな僕の話を聞いている間、小野寺は何度か目を丸くした。でも、最後にはあの日の菅原と同じように「確かに」という顔をする。

「じゃあ、早坂先生は菅原先輩が描いてる絵のテーマも知らないんですか？」

「ああ、そうだね」

言いながら、さすがに無責任だったかもしれないと思った。苦し紛れに「菅原の経歴なら、大丈夫さ」と言い訳を重ねてしまう。

菅原が絵を描き始めたのは、高校生になってからだ。中学まではバレーボール部で、県の選抜チームのメンバーにもなったことがあるという。

そんなスポーツ少年がどうして美術部に入ったのかは知らないが、高校進学以降、菅原は全国と名のつくコンクールで二度ほど入選していた。

どちらも高校生限定の賞だったから、それだけで「俺には絵の才能がある」と胸を張るのは少々視野が狭いと言えた。

だが今年の七月、菅原は社会人も交ざる大規模なコンクールで入賞を果たした。野球部の「祝・県大会準優勝」と並んで、校舎に垂れ幕が飾られるようなめでたいニュースだった。

地元の大学の教育学部を出ただけの僕に、何を指導しろというのだ。

「先生は、この絵のテーマはなんだと思いますか？」

菅原の絵を黙って眺めていた小野寺が、ニヤリと笑って僕を見上げた。先日の座学の授業で僕がピカソの作品を（ほとんどの生徒が船を漕いでいるのに）解説したのを真似て、絵そのものから作者の掲げたテーマや意図を読み解こうというのだろうか。

「そんなに気になるかい？」

「そういうレポートを書いたばかりなので」

百号のキャンバスは未完成のようだが、絵の全貌《ぜんぼう》は充分に見えるまで仕上がっていた。

菅原は静物画を描いていた。花瓶に生けられた花という定番のモチーフなのだが、ただ「花の絵」というにはやや奇妙な絵だった。

色とりどりの花が描かれているのに、花が生けられている花瓶が周囲の華やかさとは正反対の小さく歪《いびつ》な形をしているのだ。花瓶が小さすぎて水があふれ、入りきらなかった花が周囲に横たわり、明らかに弱っている。

背景が黒に近い濃紺で塗りつぶされているから、色鮮やかな花が浮き上がるような力強さがある。あるのに、どこかどんよりと冷たい雰囲気が漂っていた。

「なんだか不思議な絵ですよね」

小野寺の率直な感想は、きっとこの絵を見た人の多くが抱く。

「小野寺の言いたいことはよくわかるよ。パッと見ると綺麗で華やかだけど、こうやって立ち止まってよーく見ると、ところどころに不穏さが潜《ひそ》んでいるね」

「キャンバスの中央にドンと花瓶を置くのも、わかりやすい素直な構図に見えますけど、王道で行きたいのか行きたくないんだか、よくわからない絵です。背景にこんな黒に近い紺色を使うなんて、さすがは菅原先輩だなって思いますけど。でも、花を描くなんて菅原先輩の柄じゃないから、やっぱりよくわからないです。僕達があげた花束だって忘れて帰ったくせに」

笑い混じりに言う小野寺に、菅原のコンクール入賞を祝ったときのことを思い出す。言い出しっぺは部長である三年生の本郷藍《ほんごうあい》だった。

部員全員分のケーキを買い、美術部OGの家が営む生花店で菅原のために花束も用意した。菅原は美術部の仲間から贈られた花束を「えっ、嬉しい」と両手で抱きしめた。

なのに、それを忘れて帰った。

花束を抱えて美術室を出て、昇降口で靴を履き替えるために側の棚に花束を置いたところで、野球部だかバスケ部だかのクラスメイトに声をかけられて――五分ほどお喋りをして、そのまま花束を忘れて帰ってしまったらしい。

美術室を施錠して職員室に向かった僕は、誰もいない昇降口の棚に残された花束を見つけた。一緒に美術室を出た小野寺が「え……先輩、忘れて帰ったの……?」と困惑していたのをよく覚えている。

美術室に戻って、菅原の花束を花瓶に生けた。準備室ではなく、美術室の教卓にこれ見よがしに置いて帰った。

翌朝、菅原は慌てた様子で美術室に駆け込んできた。昇降口に花束がなかったから、美術室に忘れたと考えたのだろう。

教卓に寂しく飾られたカラフルな花を、菅原は呆然と見つめていた。

「人からの贈り物を忘れるのはよくないな」

花を綺麗に包み直して差し出した僕に、菅原はバツの悪そうな顔で「以後、気をつけます」と頭を下げた。

一晩水に浸けておいたおかげで花束は綺麗なままだったが、前日は一際綺麗だったガーベラが少しだけくすんでいた。


「花がモチーフなら、花言葉をチェックした方がいいんですかね」

小野寺が手を伸ばしたのは、イーゼルの横に積まれた本の山だった。

今日の美術の授業はすべて工芸室で行うし、美術部の活動日でもないから、菅原に一日中ここを好きに使っていいと許可してある。絵の具や筆といった画材だけでなく、菅原が資料として使っているらしい本が無造作に置きっぱなしになっていた。

植物図鑑、花言葉辞典、十六世紀の西洋美術史について描かれた本——どれも、美術室の本棚にあるものだ。

花言葉辞典を開いた小野寺は、ガーベラのページをめくって「へえ」と漏らした。

「ガーベラの花言葉は〈希望〉や〈前進〉で、チューリップは〈思いやり〉なんですね」

菅原によって描かれた花は、ガーベラ、赤いチューリップ、カーネーション、かすみ草といった、生花店でよく見かける花束として定番のものばかりだ。そうなると花言葉は基本的にポジティブなものになる。愛や希望、感謝を象徴する花ばかりが並ぶ。

だからこそ、そうではない花が目についてしまう。

「あ、不穏な花言葉の花もあります」

小野寺も気づいたようだ。

花瓶に生けられた花の中には、サルスベリと、白や黄色、ピンクのスイセンもある。それらに押しのけられた他の花が、花瓶からこぼれてテーブルに散らばっているのだ。花ではないのに何故かテーブルの上に描かれているリンゴも、あまりに意味深な配置だ。

「サルスベリの花言葉は〈不用意〉、スイセンは〈うぬぼれ〉、リンゴは〈後悔〉だそうです。いきなり物騒な雰囲気になりますね」

花言葉辞典をめくり、小野寺はほんの少し眉を寄せる。辞典と絵を交互に見て、眉間に刻まれた皺《しわ》がふっと緩まった。

「何か閃《ひらめ》いたかな?」

「勝手な想像ですけど、菅原先輩が花を描くと、どうしてもあの人が不義理に忘れていった花束のことを思い出します。もしかしたら先輩がそのことを申し訳なく思っていて、ガーベラやカーネーションといった花束らしい花の中に〈不用意〉や〈後悔〉といった意味の花や果物を入れたのかもしれないと思って」

「じゃあ、この絵のテーマはシンプルに〈後悔〉とか〈失敗〉かもしれないね。コンクール入賞祝いの花束を忘れて帰ったことへの懺悔《ざんげ》を絵にしたかったのかも」

昇降口に忘れ去られた花束を思い出したのか、小野寺は吐息混じりに笑った。

「あの人、花束のことを案外ちゃんと後悔してたんですかね」

だとしたら、どうして菅原は花束の絵を描かなかったのか。花を花瓶に生けたのか。そんな疑問が湧く。

高校生の描いた絵だ。花束を忘れて帰ってしまった後悔を絵にこめた。花瓶に生けた方が構図が格好よく感じたからそうした。そんな単純な理由であっても不思議はない。深い意味を探ろうとするこちらが気負いすぎている可能性もある。

「もしかしたら、菅原はもう何段階か深いメッセージを描いているかもしれないよ」

小野寺が僕を見る。「最初に見つけた答えからもう一歩踏み込んでみると、もっと面白いものが見つかるかもしれない」と、美術教師らしいことを言った。

これは菅原晋也の絵だ。一介の美術教師が「しょせんは高校生の絵だから」と侮《あなど》ると、痛い目を見る気がする。

花言葉辞典と一緒に置いてあった『十六世紀の西洋美術』という本に、僕は手を伸ばした。

「菅原が十六世紀のヨーロッパの何かを念頭に置いて描いたのだとしたら、まだまだ考察の余地があるよ」

「そうなんですか?」

「花というのは、西洋美術では特にメジャーなモチーフだ。時代はずれるけど、花を描いたら右に出る者はいないと賞賛されたルノワール、ラトゥール、セザンヌ、ゴッホ、たくさんの画家が花を描いてきたんだ」

「確かに、ゴッホとセザンヌは花をたくさん描いてますよね、美術の教科書で見ました。ゴッホなんて『ひまわり』を何枚も描いてるし」

新学期に配布されたきり多くの生徒は開くこともなく高校生活を終える美術の教科書を、小野寺は律儀に読んでいるらしい。

「ゴッホの向日葵《ひまわり》は太陽の象徴なんだ。彼にとって太陽は特別なもので、神様への信仰や愛を表すものとして何度も何度も向日葵を描いた。でも、そんなゴッホの人生は、決して幸福だったとはいえない。彼は画家として成功できず、信仰と世俗の間で長いこと苦しんだんだ」

ゴッホは向日葵に信仰と神への愛をこめたのかもしれないが、彼の生涯を知った上で眺める『ひまわり』は、どんな祈りも報われないという絶望がこもっているように思えてならない。

「そんな蘊蓄《うんちく》は放っておいて、菅原の絵の話に戻ろうか。十六世紀のヨーロッパで花の絵、要するに花卉画《かきが》といえば、オランダなんだ。一六〇〇年から一八〇〇年頃にかけて、オランダのフランドル地方という場所で花卉画がそれはもう盛んに描かれた」

「なんでオランダなんですか?」

「大昔、花というのは宗教の儀礼のためのものだったんだけど、ルネサンスとか宗教革命とか、時代が進むにつれて見て楽しむものに変化していったんだ。そんな中でオランダは花の栽培が盛んになり、貿易が活発だったこともあって各地から花が商品として集まった。お金持ちは切り花を家の中で飾った。そうこうしてるうちに本物の花の代わりに花の絵が飾られるようになった。ヨーロッパの、特に冬が長い地域の人々は花を求めたんだよ。冬は日照時間が短いから暗いし寒いし、花も全然咲かない。家の中を明るくしたくて、花の絵を飾ったんだ」

「じゃあ、花の絵はインテリアとして流行ってたんですね」

「そう、だからこの頃の花卉画は構図がシンプルなんだ。キャンバスの真ん中に花瓶が置かれて、花がドーンと描かれる。家に飾るインテリアだから、こういうシンプルで華やかな絵が求められたんだろうね」

『十六世紀の西洋美術』をめくっていくと、当時のオランダの花卉画が何点も掲載されている。見れば見るほど、菅原がこれらの作品からインスピレーションを受けているのがよくわかる。まず構図がそっくりだし、同じ季節に咲くはずのない花をまぜこぜにしているし、躍動的で優雅で豊満な色使いに特徴がよく表れていた。

「ほら、このブリューゲルって画家は特に有名だ」

花のブリューゲルという異名を持つフランドルの画家、ヤン・ブリューゲルの『青い花瓶の中の花束』を小野寺に見せてやる。

青みを帯びた花瓶に、色とりどりの花。背景が暗い色で仕上げられていて、花の鮮やかさが際立つ。絵の中で緩やかに風が渦を巻いているような、不思議な躍動感がある。

「この『青い花瓶の中の花束』って、菅原先輩の絵と似てますね。構図もそうだし、背景が黒っぽいのも一緒だし」

本とキャンバスを忙しなく見比べる小野寺に、僕は音もなく頷いた。わざわざ傍《かたわ》らにブリューゲルの作品が載った本を置いてこの絵を描いているということは、菅原は自らの意志で絵を『青い花瓶の中の花束』に寄せている。

そこには、菅原の意図があるはずだ。

「花というのは面白いモチーフでね、美しく華やかで、希望や生命力を象徴するものだけど、咲いた後に散る定めにある。だから、空虚さや虚しさを表す要素にもなる。その影響があるのかないのか、華やかな花卉画が流行ったフランドル地方では、ヴァニタスというジャンルも盛んだったんだよ」

「ヴァニタス?」

まるで美術の座学みたいになってきた。幸い、小野寺は興味津々に僕の顔を覗き込んでいる。こんな話、授業でしても大半の生徒達は白けた顔で虚空を眺めるだけなのに。

「簡単に言うと、人の命や人生の無意味さや儚さかな。人生の虚しさを描こうとしたとき、花は相性のいいモチーフだったんだ。むしろ、ヴァニタスに欠かせないモチーフになっていく。オランダはプロテスタントの国で、神様を絵に描くことを避けてたんだ。だからヴァニタスを通してキリスト教的な教訓を描こうとしたんじゃないかな」

「先生、詳しいんですね」

目を丸くした小野寺は、すぐさま「あ、先生なんだから当然か」と謝ってきた。

「授業じゃ、ほとんどこういう話はしないからね。こんな話より、実際に絵を描いたり工作したりする方が楽しいだろうし」

社会の先生が日本の歴史に詳しいのは当たり前で、その知識を使って授業をする。でも、美術の先生に美術の歴史の知識は必要ない。

僕がすべきは絵を描いたり粘土を捏《こ》ねたりする生徒達が、騒がしくないか、真面目に授業を受けているか、ただ見守ることだ。どうすれば遠近感のある絵が描けるか、色使いが綺麗な絵になるかを熱心に教えることなど、生徒からも学校からも重視されない。

美術部で美大志望の生徒を指導するのだって、似たようなものだ。教えるべきは美大に受かるためのテクニックやノウハウで、十六世紀の西洋美術史なんて、はっきり言って受験には必要ない。むしろ学科試験のための国数英理社の方が重要だ。

「僕は美術の教師だけど、美大を出たわけじゃないんだ」

「え、そうなんですか？」

「僕は大学の教育学部を出て美術の先生になったからね。ごりごりにデッサンの勉強をして、高い倍率の美大受験を勝ち抜いて大学に入ったわけじゃない」

もちろん、ほどほどにデッサンの勉強はした。でもそれ以上にしっかり国数英理社の勉強をして、センター試験対策をして、受験に臨んだ。

十八歳ながら自分の立ち位置はよくわかっていた。アーティストやデザイナーを目指して美大進学するようなレベルの人間ではないと。

地元の国立大学の教育学部で教員免許を取って、ほどほどに安定した公務員生活を送っていく。その中に自分の好きな美術の世界が少しあればいい。

現に大学に進んでみると、僕の絵の技術というものは「美術の先生を目指す学生」の中でも並の並の並だった。美術史の授業を熱心に受けたのも、それくらいしないと「美術の先生を目指す学生である自分」を保つのが難しかったからだ。

「そんな蘊蓄ばかりに詳しい僕の見立てだけど、菅原がこの花卉画にヴァニタスの要素をこめたのなら――」

歪な花瓶に飾られた、華やかな見た目と花言葉を持つ花達。その中で異質に交じるサルスベリとスイセン。押しやられてテーブルに落ちた花々と、それらに交じって置かれたリンゴ。

「不用意《サルスベリ》とうぬぼれ《スイセン》に追いやられて、ガーベラやチューリップを失う。そこには後悔というリンゴがある」

僕の説明を聞きながら絵をじっと見つめていた小野寺は、「ああ……」と溜め息をついた。

「じゃあ、先輩は単純な後悔を描いたんじゃなくて、それによって自分自身がいつか儚く何かを失うかもしれないとか、そういうことを描きたかったってことですか?」

「勝手な推測だけどね」

この絵のテーマは、例えば〈自分自身〉とかだろうか。菅原の顔は全く描かれていないが、

〈自画像〉という可能性もある。

「答え合わせは菅原本人にするといいよ」

僕が話を切り上げるのを見計らったように、チャイムが鳴った。小野寺は「気が向いたら先輩に聞いてみます」と楽しそうに笑って教室に戻っていった。中身が何かわからないプレゼントを偶然手に入れたような、子供っぽい顔で。


「随分長く話してたのね」

準備室に戻った僕に、紀本先生は呆《あき》れ顔だった。

「ええ、菅原の絵について、作者がこめたテーマはなんなのか当てっこをしていました」

部屋の隅の流し台でマグカップを洗いながら、先生は「あら、何それ楽しそう」と笑う。

「答えは出たの?」

「僕は〈自分自身〉ではないかと思ったんですが、答えは本人に聞いてみないと」

「死んじゃった画家と違って、生きてる人相手だと答え合わせができていいわね」

カップを布巾で拭きながら、先生はタンポポの綿毛を吹くように笑って僕を見る。「ねえ、早坂君」と高校時代と同じ呼び方をされ、無意識に姿勢を正してしまった。

「あんまり自分のこと、卑下《ひげ》しちゃダメよ」

なんのことですか。言いかけた僕に、紀本先生は肩を竦める。

「高校生のあなただって頑張ってたし、大学生のあなたも、教師になってからのあなたも、頑張ってるんだから」

時計を確認した先生は、「さあ、騒がしい職員室に行きますか」と準備室を出ていった。「卑下しちゃダメ」の意味を詳しく解説するつもりはないと、去り際の丸い背中が語っていた。

一人になった僕は……デスクの一角、先ほど小野寺が持ってきたレポートの束をしばらく眺めていた。

八年前、高校生だった自分が、この場所で紀本先生と何度も面談をしたことを思い出した。

高校二年生の僕は、東京の美大に行きたいと美術部顧問の紀本先生に熱弁を振るった。著名なクリエイターの経歴を見れば当たり前に書かれているような、それはそれは有名な大学だった。そこに合格することが、絵で生きていくために必要な最低条件だと考えていた。

だからこそ、美術部で紀本先生にデッサンを習っていてはダメだと思った。こんな田舎の高校の部活レベルの指導では、絶対に美大になんて受からない。

毎週末、高速バスで一時間半かけて美大受験専門の予備校に通った。夏休みと冬休みには、東京の予備校の講習を受けた。

自分がとても現役で合格できるレベルではないと気づいたのは、高校二年の春休みだった。

僕の絵には重力がなかった。美大を目指して何浪もしている受講生や、「あの子は現役で受かるな」と予備校講師に高く評価されている受講生の絵には、重力があるのだ。

同じ石膏《せっこう》像を似たような構図で描いたデッサンが何十枚と並んでいても、彼らの絵はすぐに目に入る。見ている人の目を、絵が惹きつけるのだ。そういう絵は、作者の名前を確認しなくても「あの子の絵だな」とわかる。

僕の絵は、そういう絵ではなかった。

「このご時世に美大受験って、ちょっと現実を見てないなと思うんです」

準備室で紀本先生にそんな言い訳をした。当時の僕はそれを言い訳と捉えず、賢く現実的な選択だと思っていた。

「夢ばっかり見てたら、絶対に将来痛い目を見るじゃないですか。ほら、日本ってずっと不景気だし、これから景気がよくなるわけがないって僕は思うんですよ。だから、もっと安定した進路を選んだ方がいいなって。美大に行ってクリエイターになりたいなんて、子供がプロ野球選手を目指すのと同じじゃないですか」

人生についてしっかり考えている賢い生徒を装った。当時の僕にとって、地元の大学の教育学部に進学することは、ちょうどいい選択だった。

夢やぶれたんじゃない。挫折したんじゃない。賢明な判断のもと、正しい軌道修正をしたのだ。大学卒業後のことを深く考えず美大受験を続ける予備校の仲間達のことを、「まだ夢と現実を区別できていないのか」と陰でこっそり馬鹿にするようになった。

紀本先生はそんな僕に「早坂君が自分で考えて決めたなら、先生はもちろん応援するわ」と言った。自分で美大受験はしないと宣言したくせに、僕は帰り道にこっそり憤《いきどお》っていた。

なんだよ、止めないのかよ。教え子が、美術部で間違いなく一番絵の上手い僕が「美大受験をやめる」と言ったのに、説得するとか、止めるとか……もっと時間をかけて、優しく、僕を労りながら「もったいない」と言ってほしかった。あっさり「応援するわ」なんて言ってほしくなかった。

それを浅はかだと思うくらいには、二十五歳になった僕は自分を客観視できるようになったし、大人にだってなった。

――なった、けれど。

*

一年三組の帰りのホームルームを終えて準備室へ戻る途中、美術室に菅原晋也がいるのに気づいた。絵の具だらけのエプロンを身につけ、固い床に膝をついて、百号のキャンバスをじっと見つめていた。

絵筆を握り締める彼の横顔を、準備室のドアに手をやったまましばらく凝視《ぎょうし》してしまった。そのまま絵にしたら、なかなか神々《こうごう》しい作品になるような気がした。

その予感を振り払うように、美術室の戸を開けた。

「頑張ってるね」

美術室を満たす緊張に、たった一言で穴を開ける。菅原はすぐに反応せず、長い眠りから目覚めるようにぎこちなく僕を振り返った。

「あとひと息なんで、一気に描いちゃいたくて」

菅原が絵に向き直る。途切れてしまった集中の糸を早くたぐり寄せたい。そんな苛立ちが背中から感じられる。

わかっていて、僕は更に声をかけた。

「昼休みに小野寺と、この絵のテーマについて話したんだ」

「テーマ、ですか？」

「菅原が花卉画を描いた理由や、ブリューゲルの『青い花瓶の中の花束』を参考にしたんじゃないか、ヴァニタスを作品にこめたんじゃないかって、いろいろと議論したよ」

「なるほど、ヒントをたくさん置いておきすぎましたね」

いたずらっぽく笑った菅原に、僕は静かに歩み寄る。

「不義理をして、人に嫌われるのが怖いかい？」

菅原が再び僕を振り返る。いつもの飄々とした顔はしていない。僕の真意を探るように、こちらを見上げる。

「すごい、そこまでわかるんですね、絵を見ただけで」

「作者が何をどう描いたか、作者がこの絵を描くに至った境遇や環境について想いを馳《は》せただけだよ。運よく当たる場合もあるし、的外れのこともある。それを承知の上で、歴史上の美術家達が残した作品を後世の人間は考察するんだ」

生きている作者には答え合わせができる。紀本先生の言う通りだ。これほど楽なものはない。

「君は、美術部のみんなが贈ってくれた花束をころっと忘れて帰るような子だ。それを申し訳なく思っていて、どうにかしたいと思っている」

「ええ、本当に、困った悪癖で――」

「直せないよ」

菅原の言葉を、わざと、鋭く、無遠慮に、遮《さえぎ》ってやった。

「……え?」

きょとんと僕を見上げる菅原に、込み上げてくる笑いを堪《こら》えた。

「君みたいな子はね、そうやって好きなことに一生懸命になればなるほど、自然と周りを傷つけるし、苛立たせる。仲間だと思った人間ですら、無意識に蹴落としていく。純粋に絵を描くのが楽しいから描いてるだけなのに、君のせいで夢やぶれて悲しむ人が大勢いる。勝手に君を嫌いになって、勝手に恨んで、どこかで不幸になってはくれないかとお祈りされる」

他ならぬ僕がそうだった。高校時代、予備校で出会ったありえないデッサン力を持ったあいつ。モノクロのデッサンで自然光の煌《きら》めきを眩《まぶ》しいほどに表現したあいつ。講師に絶賛されていたあいつ。僕の絵を気にも留めなかったあいつ。

みんなみんな、受験に落ちろと思っていた。受かったなら大学でなんらかの挫折《ざせつ》をしろと思っていた。就職に失敗しろ。コンクールで評価なんてされるな。貧困に喘《あえ》いで路頭に迷え。こんなことなら、地元の大学の教育学部に進んで美術の先生になっていればよかったと後悔してくれ。早坂の選択は賢くて正解だったと思ってくれ。

あいつもあいつも、僕の名前なんて覚えていないのに。

「菅原の悪癖もね、そういうものの一種だよ。君にとって取るに足らないものだから、君は忘れるんだ。それで周りがどれだけ傷ついても君は構わないんだよ。何故なら、君は絵の才能があるからだ。才能がある人は、ない人に自然と酷《ひど》いことをしちゃうものなんだ。そうやって生きていくものなんだから」

自分の言葉が菅原に刺さったのがよくわかった。彼が、確かに傷ついた表情をしたから。傷ついて、怒って、でも納得してしまって、萎《しお》れるような瞬《まばた》きをする。

「違いますよ」

五度目の瞬きの末、菅原は僕の言葉を否定する。泣きもせず怒りもせず、真っ白なキャンバスの前で絵筆を振るうように、淡々と。

「俺は、先生が思っているようなすごい人間じゃないです。ただ、器が小さいだけです……そう、小さいんです。だから、他の人が大事にできるものを、大事にできないだけです」

自分に言い聞かせるように、菅原は一言一言を紡いでいった。

どうしてだか、高校生の頃の僕自身を見ているような錯覚に陥った。紀本先生の前で、必死に「僕は諦めたのではなく、戦略的に進路変更をするのです」と話していた、浅はかな僕を。

「才能なんてないですよ。この絵だってどんな評価をされるか、全然自信がないですし」

「大丈夫さ、どうせ受かるから」

〈どうせ〉が余計なことくらいわかっていた。でも、あえて〈どうせ〉を強調してしまった。

僕はきっと、今日の菅原とのやり取りを何年も何年も後悔する。きっと教師を辞める日まで

――いや、辞めたって後悔し続ける。

「君みたいな子が世の中にたくさんいると知って、高校生の僕は美大受験をやめたんだ。戦って負けるより、それらしい理由をつけて敵前逃亡する方が、格好悪くないと思ってね」

菅原の志望校の募集要項すら見なかったのは――やはり、僕が彼を嫌いだったからなのだろう。君が、僕を蹴落とした側の人間だから。

「君に僕の指導は必要ないなんて言ったのは、ちょっとでも君の足を引っ張りたかったからかもしれない。君が一人で受験に挑んで、落ちてしまえばいいと思ったのかもしれない」

でも。

「でもね、君はやっぱり、一人で受かってしまうんだよ」

さすがの菅原も、僕に摑みかかってくるのではないかと思った。ふざけんなと激高するのではないかと思った。

菅原は、床に両膝をついたままだ。

それはそれで、納得してしまう。菅原が僕程度の人間をわざわざ殴るわけがない、と。

「先生は俺が嫌いなんだろうなって、結構前から思ってました」

吐息と溜め息のちょうど真ん中を通り抜けるような曖昧《あいまい》な笑みをこぼし、菅原は木製のパレットに手を伸ばす。

「俺が人からの贈り物をぽろっと忘れて帰るような薄情な人間だと見透かされてるのかなって思ってたんですけど、ちょっと違ったんですね」

菅原はパレットに黄色い油絵の具を絞り出した。色鮮やかなカドミウムイエローだった。平たい筆で絵の具を取った菅原は、薄闇に浮かぶ花々の一点を目指して腰を浮かす。白、黄色、ピンク……色とりどりだったスイセンの花を、黄色一色にした。

菅原の鋭い筆さばきは迷いがなく、キャンバスを筆が撫《な》でる澄んだ音が、美術室に不思議なほど大きく響いた。

絵に立ち向かう菅原の背中を、僕は黙って睨《にら》みつけていた。

小野寺と眺めた花言葉辞典を思い出す。スイセンの花言葉は〈うぬぼれ〉だった。でも、花は色ごとに花言葉が異なる場合がある。小野寺はチューリップの花言葉を〈思いやり〉と言ったが、次のページには別の花言葉も載っていたはずだ。

例えば、チューリップは色によっては〈失恋〉という花言葉もあるが、菅原の描いたチューリップは赤で――〈愛の告白〉という意味になる。

彼は、そこまで考えながら花に色をのせたのだろう。

黄色のスイセンは、確か――。

「やっぱり、黄色の方がいいですね。背景が暗いから、こっちの方が映えます」

筆を置いた菅原は、もう僕を振り返らなかった。

振り返らず、あはは、と笑って後頭部を掻いた。

「いやあ、なんというか……自分で描いたくせに、ただのスイセンじゃあ、儚さに耐えきれませんでした」

笑いながら、菅原は画材を片付け始めた。ああ、これで完成したのか。何故か膝の裏が震えた。西日に鋭く光る黄色いスイセンが、僕を射貫くように真っ直ぐ見ている。

「先生の話、なるほどなって思いました」

植物図鑑や『十六世紀の西洋美術』を本棚に戻しながら、菅原は「ありがとうございます」と僕に礼を言った。頭を下げなかったのが彼なりの仕返しなのかもしれなかった。十歳近く年下の高校生は、僕などよりよほどできた人間だった。

「そういうつもりがないのにいつの間にか誰かに嫌われちゃうなら、せめて、自分はそういう生き物なんだって覚悟しながら生きていた方がいいと思いませんか」

言いながら、菅原は再び笑う。今度は噴き出すように肩を揺らして。

「はい、強がりです。俺はどうしたってこの悪癖を直せないのかもしれないし、いずれみんなに愛想を尽かされるのかもしれないです。いろんな人に嫌われるのかもしれないです」

でもね、先生。

僕の顔を見ることなく、菅原は首を小さく左右に振った。

「大丈夫だって強がっちゃうくらいには、俺はまだまだ、いろんな人と楽しく生きていきたいと思っています」

油絵の具セットを自分のロッカーにしまい、鞄を抱えて、菅原は一度だけ唇を引き結んだ。

そのまま、僕に向き直る。

「それじゃあ、さようなら」

暴言を吐いた教師に向かって小さく会釈して、美術室を出ていく。

菅原の足音が遠ざかるのを聞きながら、僕は菅原の絵を真正面から見据えた。窓からの日差しがすっかりオレンジ色になって、巨大な花卉画を包み込む。

ガタンと窓が海風に打たれた。

校舎の四階から眺める海は、寒々しい鉛色をしていた。このあたりの地域は、海から冬になっていくから。

塗りたての黄色いスイセンがぬるりと光って、僕は嫌々ながら本棚に手を伸ばした。こういうのはどうせ、才能に踏み潰される側の役目なのだ。

花言葉辞典を開き、スイセンのページを探した。黄色いスイセンの花言葉は〈もう一度愛してほしい〉と〈私のもとへ帰って〉だった。

「贅沢なんだよ」

辞典を本棚に戻し、菅原の花卉画に向かって吐き捨てる。僕がこの絵を切り裂いたら、菅原はどんな顔をするのか。

わかってる。どうせ、彼は「あーあ」と少しだけ肩を落として、新しい絵を描く。小野寺や、美術部部長の本郷、他の部員達が犯人を捜そうとする中、「いいよ、いいよ。置きっぱなしにしてた俺が不注意だったよ」と笑うに違いない。

その絵で、どうせ美大へ行く。僕が行けなかった――正確には、自尊心を守るために戦うことを放棄した場所へ。

「あら、早坂先生、こっちにいたの」

菅原が出ていった引き戸を開け、紀本先生がやってきた。僕は咄嗟《とっさ》に「菅原とすれ違いませんでしたか?」と聞いてしまった。

「ええ、階段のところで」

「何か言ってませんでしたか?」

「さよーならって、いつも通り飄々と帰っていったわよ」

先生が菅原の絵を見やる。「あら、完成したのかしら」と、自分の子供を愛でるような目をしていた。

「僕は美術教師に向いてないのかもしれないです。菅原みたいな子を見ると、どんなにいい子でも、生意気だって思ってしまう」

紀本先生の反応は予想外だった。「あらぁ〜」と笑って、昔のように僕の肩を叩いた。

「教師だって人間だもの、どうしたって馬の合わない生徒はいるものよ。要するに、生理的に嫌いな子が」

「先生にもいるんですか」

「いるわよ。生意気な子とか、男性教師にばかり媚《こび》を売る子とか、単純に騒がしい子も苦手ね。何を言っても『うざっ』と『意味わかんねー』しか言わない子も。みんな、教師って生き物は心の底から生徒を嫌ったり憎んだりしないって思って甘えてるんだもの」

紀本先生の口からそんな話が飛び出すなんて思っておらず、僕は口を半分開けたまま相槌《あいづち》すら打つことができなかった。

「内緒よ、内緒」

口元で人差し指を立てながら、先生は笑う。窓の外の夕日と同じくらい穏やかな顔をしていた。僕がよく知る紀本先生に他ならなかった。

「実を言うと、高校生の頃の早坂君も、あまり得意じゃなかった」

「……え？」

「というか、あなたは私を特別イライラさせる子だったわ」

先生の表情は変わらない。

「確かにあなたは絵が上手かった。でもそれ以上にプライドが高くって、自分を過信してて、負けることが許せなくて。東京の予備校に上手い子がたくさんいて自信をなくしたのはよくわかるけど、負けないように頑張ってデッサンするんじゃなくて、『東京にはいい講師がいっぱいいるから』とか『浪人生は時間がたっぷりあるから』とか、自尊心を保つための言い訳ばかりして、どんどん手を動かさなくなっていった」

グラウンドから野太い掛け声が響いてきた。野球部が練習終わりの挨拶をしたらしい。下校する生徒達の話し声や笑い声も聞こえる。

馴染みのある音がとても遠く、自分が湿った膜に包まれているような感覚がした。

「……そうだったんですか」

「あなたが挫折をしたり妥協をしたりした末に先生をやってるのは、全く悪いことじゃない。

でも、いつまでもそうやって今の自分に舐めた態度を取っているのは、同じ大学に通った子達や、他の先生方や、教えている生徒達に失礼よ」

美大受験を諦める――いや、賢く進路変更すると宣言した日、先生はそう思っていたのか。どうしてそのとき、僕の無駄にすくすく育ってしまったプライドを折ってくれなかったのか。

いいや、そんなことできるわけがない。あの日の僕が、そんな仕打ちに耐えられるわけがない。

「でも、今の早坂先生は随分と大人になったから、一緒に仕事してて安心するわ。そういうことって多いのよ。早くクラス替えで手放してしまいたいと思っていた生徒が、十年、二十年とたって大人になると、同窓会のたびにお話をしたいと思えてしまうの」

「生徒も大人になって当然変わるし、僕も変わるからですか」

自分を主語にしてしまった。ハッと息を呑んだときには、紀本先生は笑顔で頷《たま》いていた。

「そうね、年を取れば取るほど、教師も丸くなるから。若い頃にイライラして堪らなかったものが、意外となんでもないことになるのよ」

さあ、ゆっくり事務作業しよ。歌うように呟いて、先生は準備室へ去っていった。

一人残された僕は、幼稚でくだらない想像をした。

十年後か二十年後、とうの昔に高校を卒業して大人になった菅原晋也と、同窓会か何かで再会する想像だった。

「あの頃、お前のことが羨《うらや》ましくて羨ましくて、嫌いだったんだよ」

飲めもしないビールを片手に、中年になった僕は言う。

そんな僕に、菅原は——。

◆◆◆

高校時代の挫折や鬱憤《うっぷん》を消化も昇華もできないまま美術教師をやっていた二十代の僕が、あの夕暮れの美術室で膨らませた幼稚でくだらない想像は、結局何年たとうと実現しなかった。

菅原には美術部の顧問として何食わぬ顔で接したし、彼も僕を美術部の顧問としてそれまで通り扱った。

でも、彼は。

菅原は第一志望の美大にあっさり合格し、翌年の三月に高校を卒業した。

彼は、大学生に、なれなかったんだ。

……そろそろ、黙禱《もくとう》の時間だね。今年は風が強いなあ。

第四話　空っぽのロッカーで　菅原晋也、大学一年の冬

今日何度目かの「こんなはずでは」という溜め息に押し潰されそうになった。

同じアトリエで作業する学友達は、私の溜め息になんの反応もしない。無視しているのではなく、聞こえていないのだ。

絵の具で汚れた白壁に四方を囲まれたアトリエには、私以外に七人の学生がいる。静かだった。キャンパスを一歩出ればまだクリスマス前の浮かれた空気が漂っているのに、誰もそんな気配を滲《にじ》ませない。

みんな、黙々と手を動かしている。手が止まっている子も、じっと目を閉じ何かを考えている。途方に暮れてあたりを見回している学生なんて、私しかいない。

第一志望だった憧れの美大に入学して、もう半年以上がたつ。予備校で毎日デッサンに明け暮れていた手は、鉛筆を絵筆に持ち替え、期末課題に立ち向かっている。

大学一年の集大成となる作品だと、この授業を受け持つ教員は言った。言われなくてもみんなそのつもりで——これまで学んだことをなんとか作品にこめようと意気込んでいた。

クロッキー帳にアイデアを描き連ね、構想を練り、修正し、修正し、一から考え直し、友人に相談し、考えに考えて描くと決めた絵は、間違いなく素晴らしいものになるはずだった。

なのに、いざキャンバスに向かって筆を動かすと、素晴らしかったはずのアイデアが、構想が、イメージが、途端に陳腐なものになる。私の頭の中では美しかったものが、私の手では再現できなかった。

美大生になりたい、絵を描いて生きていきたい。絵で生きるのが無理だとしても、美術の側で生きていきたい。そう思って死に物狂いで合格した美大なのに、美大生である自分が日常になった途端、描くことに怠惰になった。先生に褒めてもらえないとか、上手い同級生と比べて自信喪失したとか、単純な理由で。

自分の絵を前に途方に暮れてしまうことも、入学してから何度もあった。春が終わって夏を迎え、秋、冬と季節が進むにつれ、その頻度は高まっていった。

バイト、サークル、上京して出会った友達。絵を描くことだけに全力投球していられるほど、東京はつまらない街ではない。目的も目標も失ったまま、それでも焦りや孤独を感じることなく忙しく生きられるのだから、質《たち》が悪い。

「——あー……、ダメだ、進まん」

呟いて、私は筆を置いた。大きく伸びをしたら、背骨がパキンと音を立てた。

「佐藤《さとう》、帰るの？」

アトリエのドアをそっと開けようとした私を、近くで作業していた友人が振り返った。

「ちょっと休憩」

音を立てないようにドアを閉め、私はアトリエ棟の一階にあるラウンジへ向かった。

ラウンジには学生が数人たむろしていた。空気が淀《よど》んでいるのは、暖房が効きすぎているからでも、隅でこっそり煙草を吸っている学生がいるからでもない。みんな期末課題に行き詰まってここでサボっているからだ。

見知った顔を見つけてサボりに加わりそうになったけれど、グッと堪《こら》えて私は自分のロッカーの前に立った。

ラウンジの一角には、油絵科に所属する学生のロッカーがずらりと並んでいる。学年ごとに区分けされたロッカーの扉には、学籍番号と学生の名前が印字されたプレートがついている。みんなここに教科書や画材を詰め込んで、大学四年間を過ごすのだ。

私のロッカーにも、「佐藤美咲《みさき》」とプレートがついている。日本で一番多い苗字、佐藤。そして一九九二年に生まれた女の子で一番多い美咲という名前。二つが合わさった、きっと同姓同名が日本中に大量にいる名前。自己紹介のたび、相手に「同姓同名の知り合いがいます」と必ず言われる、私の名前。

そんな佐藤美咲の隣にあるロッカーは、入学式から一度も使われていない。開けられたことすらない。もちろん、空っぽ。

学籍番号と名前のプレートはあるのに、該当する学生がいないのだ。受験して、合格して、入学手続きまで済ませたのに、大学にいない。

このロッカーを使うはずだった子は、今年の三月の震災で行方不明になった。

そんな噂を聞いたのは、ゴールデンウィークが明けた直後だった。大震災があっても、被災地から遠く離れた人の生活はいつも通り続くらしいと理解した頃。入学直後の高揚感が萎《しぼ》んで、美大生である自分が板につき始めた頃。

〈彼〉は、海の側で暮らしていたらしい。鹿とイノシシが当たり前に顔を出す栃木の山奥で育った私とは正反対だった。

噂を聞いて以来、私はときどきこのロッカーを眺めに来る。意気地なしで怠け者の自分に飲み込まれそうになったとき、この場所で学びたくても叶わなかった〈彼〉の名前を見にくる。

この子はどんな子だったのだろう。入学していたら、どんなふうに過ごしたのだろう。どんな絵を描いたのだろう。

私は彼とロッカーの前で顔を合わせて、言葉を交わしたかもしれない。教科書の貸し借りをしたり、レポート課題を見せ合ったりしただろうか。同じアトリエで作業しただろうか。

彼も私の名前を見て「同姓同名の知り合いがいるよ」と笑っただろうか。私は「自己紹介するたびに言われるよ、それ」と笑い返しただろうか。

顔もわからない彼との時間を想像して、彼が描く素晴らしい作品の数々を想像して——そして、またアトリエに戻る。

何ができるかわからないままの自分で、とりあえず何かを描こうとする。

きっと私は、卒業するまでそれを繰り返す。

◆　◆　◆

そんな話しかできないですよ。

だって、私は菅原晋也《すがわらしんや》と会ったことがないから。「菅原さん」と呼べばいいのか、「菅原君」と呼べばいいのかすら、判断できません。

結局、美大を出てもアーティストにはなれなかったし、アートに関係ある仕事にも就けなかった。だからってわけでもないですけど、一度、ここに来てみたかったんです。

ロッカーのプレートでしか知らない菅原晋也のこと、もう少し知りたいと思っちゃって。だから、あなたとお会いできてよかったです。

ここの海、こんなに綺麗なんですね。

第五話　願わくば海の底で　菅原晋也のいない夏

穏やかで飄々《ひょうひょう》としている割に、残酷な性格をしている人だった。僕が菅原晋也《すがわらしんや》のことをつくづくそう思ったのは、彼が高校を卒業する日だった。それより以前から、「この人は本当に酷《ひど》い人だな」と思っていたけれど、その日の出来事は決定的だった。

「先輩、何考えてるんですか」

振り返った菅原先輩は、僕が抱えた立派な花束を見て「あ」と声を漏らした。室内なのに吐き出す息が白く濃かった。彼の左胸で、「祝 御卒業」と書かれた紅白のリボンが声に合わせて揺れた。

「ごめん、忘れてた」

「酷い人ですね」

スイートピーにガーベラにカーネーションにかすみ草。美術部に二人しかいない三年生のために、後輩が花言葉まで吟味《ぎんみ》して買ってきた花束だというのに。この人はそれを笑顔で受け取って、「お前達は俺の自慢の後輩だぞー」なんて言ったくせに、花束を美術室に置いて帰ろうとしたのだ。

　他の部員達は先に美術室を出たから、気づいたのが僕だけだったのが幸いだった。

「別に、置いて帰ろうと思ったわけじゃないんだよ?」

　今更のように花束を大事そうに両手で持って、菅原先輩は「ホントだよ、信じてよ宗平《そうへい》」と肩を竦《すく》める。昇降口に向かう彼の後ろに続きながら、「ホントですか」と溜め息をこぼした。

上履きの爪先が床に擦《こす》れて、批難がましく高い音を立てた。

　賑《にぎ》わいが近づいてくる。外では卒業生と下級生が集まって別れを惜しんでいるようだ。どこかの部の応援歌が聞こえてくる。歌と一緒に昇降口から吹き込んできた風が冷たかった。

　太平洋を望む高台に建つ学校では、いつも海の匂いがした。磯の匂いではなく、海の匂い。波飛沫《しぶき》と一緒に舞い上がった匂いが北国の冷たい風に晒《さら》され、角が取れて丸くなって、淡い海の香りになる。海の底ではこんな匂いがするのかもしれないと、僕は子供の頃から思っていた。

「花束、嬉しいと思ったし、大事に持って帰ろうと思ったんだよ。花が折れないように一旦テーブルの上に置いてさあ——」

　そして、そのまま忘れて帰ろうとした。この人にはそういうところがある。僕が宿泊学習のお土産に学業成就のお守りを買ってきたときも、美術室に忘れて帰った。後輩が調理実習で焼いたシフォンケーキを差し入れてくれたときなんて、「わーい、嬉しい」と言って自分の分を取り分けたくせに、数分後にはデッサンに夢中になっていた。水分が飛んでカピカピになったシフォンケーキを、「ごめん」と言いながら齧《かじ》っていたっけ。

お祝いの花束なんて、何度忘れて帰ったことか。

「みんなには内緒な。特に本郷《ほんごう》には」

靴に履き替えて昇降口を出たところで、菅原先輩は不意に懇願してきた。彼の視線の先では、美術部のもう一人の三年生、本郷藍《あい》先輩がクラスメイトと写真を撮っていた。手には、先ほど部の後輩から贈られた花束がある。

あの人が先に美術室を出ていてよかった。花束を忘れていったと知ったら、藍先輩は絶対に怒っただろうから。僕が贈ったお守りを菅原先輩が持ち帰らなかったときなんて、「嫌みったらしく届けてやろう」と彼の家まで行ったくらいだ。

「言わないですよ。藍先輩に菅原先輩の愚痴《ぐち》を聞かされるのは僕じゃないですか」

「この一年ですっかり宗平には嫌われたな」

高校に入学して、美術部に入って早一年。何度そういうことがあっただろう。逆に、藍先輩は僕が入部するまでそのフラストレーションをどこで発散していたのか。

あ、でも、それも二人が卒業したらなくなってしまう。

「先輩のこういう非道なところをみんなに見えないように尻ぬぐいしてあげるくらいには、先輩のことが好きですよ」

花束を指さして、恩着せがましく言ってやる。三年生は今日で卒業だが、下級生は今月下旬まで学校がある。明日、美術室で萎《しお》れた花束を見つけた二年生達がどんな顔をするか。想像したら居たたまれない。

「わかったよ。ごめん、ごめん。今度から気をつける。本当に気をつける」

先輩を糾弾するような冷たい風が校舎に吹きつけて、周囲から小さな悲鳴が上がった。今日の気温は最高でも六度くらいだったはずだ。二度しかなかった昨日に比べたらまだマシだ。卒業式の後の、寂しいのと悲しいのと、ちょっと晴れ晴れしい気持ちが混ざったこの場所は、寒さも気にならない。この一帯だけ、高揚感で少しだけ暖かい。

そこから一歩離れたところに体も心もある菅原先輩は、別みたいだけれど。

「うー、寒い、寒い」

羽織っていたコートの前ボタンを閉めて、マフラーをしっかり巻いて、「帰ろっかな」なんて呟く。

「向こうで先輩のクラスメイトが手招きしてるの、見えないんですか？」

「あいつらみんな上京するんだよ？　東京でいくらでも会えるじゃん」

「そういう問題ですか？」

「そういう問題だよ」

菅原先輩は、東北の海辺にあるこの町を離れ、四月から東京の美大に進学する。高校在学中に大きなコンクールで賞を取っていたから、ＡＯ入試であっさり合格を決めてしまった。そういうところが、どうにも腹が立って仕方がない。

人混みを避けるようにして正門に向かう菅原先輩だったが、すぐに友人に捕まった。引き摺られるようにして連れていかれる先輩は、満更でもない顔をしていた。なんだよ、結局友達のことは好きなんじゃないか。

でも、あの人の胸の中には、寂しさはないような気がした。さっき、藍先輩が感極まって泣きそうになっても、それを菅原先輩に見られないように誰よりも早く美術室を出ていっても、あの人は浜に打ち寄せる波を見るような顔でいたから。

彼は、藍先輩のことすら高校を卒業したらころっと忘れて、東京で悠々自適に美大生ライフを送るのかもしれない。「いくらでも会える」と言った上京組の友人ともほとんど連絡を取らなくなり、新しい友人と気ままに楽しい毎日を過ごす。そんな未来が僕には見えた。

でも、そんなことは起こらなかった。

卒業式から八日後の三月九日。地震があった。昼休みの前だった。三年生が卒業してひっそりとしてしまった古い校舎。教室では、窓際に置かれた暖房器具が風を送る音が、先生の声より大きく聞こえた。多分、僕は眠かったのだ。授業は……古文だった気がする。

そうだ、あの日は授業が午前中だけだったのだ。翌日が高校入試の追試験だとかで、生徒達は自宅学習期間に入る予定だった。あと数十分耐えれば自宅学習という名の休日。その後何日か登校すれば春休み。それが終わると、藍先輩と菅原先輩のいない高校生活が始まる。そんなことを考えていた。

そのときだった。

教室の壁が一度だけミシッと湿った音を立てて、窓ガラスとロッカーの戸がカタカタと鳴り始めた。暖かい教室の空気がひび割れて隙間風が吹き込むような、そんな音だった。床がうねった気がした。車酔いでも起こしたような気持ち悪さを覚えたのは一瞬で、直後、揺れが来た。前の席の生徒が飛び跳ねるように机にしがみついた。左右に揺れているのか、それとも上下なのかわからない。「机の下に潜れ」と先生に言われて、言われるがままそうした。床についた両膝が割れるかと思うほどの揺れは、ぼんやりとした眠気をはぎ取った。暖房器具の上で誰かが乾かしていた手袋が、床にぽとりと落ちた。真っ赤な色の手袋が、僕のいた場所からよく見えた。

揺れはすぐに収まった。机の下から植物が芽吹くように一人、また一人と顔を出し、先生が「いやあ、揺れたなあ」と笑った。あとあと知ったが、このときの地震は最大震度五弱だったらしい。怪我人はいなかったし、校舎にも被害はなかった。美術室に置いてあった石膏《せっこう》像が何体か倒れてしまっただけだった。帰宅して夕食を食べながら「今日、揺れたねえ」と母さんがこぼし、父さんが「揺れた揺れた」と頷いていた。

ちょっと大きかったけれど、これくらいの地震、この国ではよくあることだ。台風と変わらない。「随分揺れたねえ」と笑い合うだけの〈よくあること〉が、たまたま自分の暮らす町で起こっただけ。

翌日までは、そうだった。正確には翌々日——三月十一日の午後二時四十六分までは、そうだったのだ。

前々日とは比べものにならない激しい揺れに僕達は襲われ、日常の風景であったはずの海に、町は飲み込まれた。

その日、菅原先輩は朝から家を出ていた。東京への引っ越しを一週間後に控え、地元での短い春休みを満喫していたのだと思う。あの人のことだから、友達と連《つる》むこともせず、一人気ままに町をふらふらしていたんだろう。

あれから五年がたった。菅原先輩はあの日以来、ずっと行方不明のままだ。

*

砂漠にいるみたいだった。土埃《つちぼこり》の混じる熱風の中、周囲から響く重機のエンジン音に押し潰されそうになりながら、すでに三十分近く歩いている。頭上の太陽が白い。白い光が、うなじや二の腕をじりじりと焼いてくる。

東京で東北の出身だと言うと「夏が涼しそう」と羨《うらや》ましがられるけれど、気温は東京と大差ない。夏は暑いし、暑いものはどこにいたって暑い。おい、こんな状況で四年後に東京でオリンピックなんてやるつもりか。日本中で、多くの人が同じことを思っている気がする。

それでも、五年前の夏より暑く感じるのは、町があったはずの場所が更地になってしまったからか。日陰もなく、更地の土は乾いていて照り返しがきつい。海風は磯っぽく生臭い匂いがした。風を遮《さえぎ》るものがなくなったから、海の匂いがそのまま届くようになったんだ。

あの日、世界の終わりのようだった町からは瓦礫《がれき》が撤去され、大量の重機によって盛り土造成が行われている。震災後に修繕された真新しい道路は太陽光を吸収し、足下から熱してくる。

震災直後の町は、歪《いびつ》な足音がした。歩くたびに泥に靴が埋まって、びちゃびちゃと冷たい音がした。もしくは、瓦礫の破片を踏みつけるじゃりじゃりとした音が、足の裏で蠢《うごめ》いた。

あの日とは正反対の天気の中、リュックサックを担いだ背中を、汗が流れていく。

震災前は駅のあった町の中心地を通り過ぎると、やっと高台に民家が見えてきた。古びた建物と木々が残るあのあたりには僕の実家があり、幸運なことに津波の被害を免れた。

津波によって、町を走る電車は不通になっている。再開の目処は立っていない。二つ隣の駅まではなんとか電車が通っているから、新幹線を降りてから鈍行を乗り継いでその駅で下車し、ここまで延々歩いてきた。震災前から車社会だった町は、津波の被害によってそれに拍車がかかった。徒歩移動しているのなんて僕くらいのものだ。

実家まであと三十分くらいだろうか。うなじの汗を拭ったとき、背後から軽ワゴン車が近づいてくるのに気づいた。僕の横を通り過ぎたと思ったら、数メートル先で停車する。

「……藍先輩」

運転席の窓からひょこりと現れた顔に、息を呑んだ。

「やっぱり、宗平だった」

久しぶりじゃん、と白い歯を見せて笑った先輩に手招きされ、僕は大人しく運転席に駆け寄る。最後に先輩と会ったのは上京する直前だったから、かれこれ三年ぶりだ。車内から漂ってきたエアコンの冷気に頬を舐められたような気がした。

「あんた、この暑い中なんで歩いてるの？　熱中症になるよ？」

まるで二日ぶりに会ったみたいな顔で先輩は助手席を指さした。「いいですよ」と断り切られないうちに、「あんたが熱中症で死んだら見捨てた私が罪に問われそう」とたたみ掛けられ、何も言えずに助手席に回った。

助手席のドアを開けた瞬間、後部座席に座っていた男と目が合って、動けなくなった。

「藍先輩、こちらはどちら様ですか？」

エアコンのせいだろうか。背筋が無性に寒くなる。知らない男だった。真っ青なTシャツを着て、キャリーケースを一つ、後部座席にのせている。藍先輩より年上に見えた。

「三浦《みうら》さんっていうの。東京の人」

なんてことない顔でそう言って、先輩はハンドルを握った。慌てて助手席のドアを閉めると、三浦と呼ばれた男性が会釈してきた。

「三浦拓海《たくみ》といいます。東京で会社員をしてます」

丁寧な口調の割に、どこかぶっきらぼうな雰囲気が隠し切れない。「藍先輩、まさか彼氏ですか？」なんて軽口を咄嗟《とっさ》に用意したのに、とても口にできなかった。

「三浦さん、この子は私の高校のときの後輩です。今は東京で大学生してます」

先輩に促され、恐る恐る「小野寺《おのでら》です」と名乗った。三浦さんは「どうも」と言うだけだ。

「宗平、あんた、今日帰ってきたの？　ていうか何年ぶり？　高校卒業した途端、付き合い悪くなっちゃってさ」

「毎年お盆とお正月には帰ってきてましたよ。課題とかが忙しくて、あんまりこっちの知り合いと会うタイミングがなかっただけで」

言い訳がましく説明すると、藍先輩は興味なさそうに「ふーん」と鼻を鳴らした。

「それにしたって、二駅隣から家まで歩く？　蜃気楼《しんきろう》か何かかと思ったよ」

「親と卒業後のことで揉めてるんですよ。迎えを頼みづらいくらいに」

バックミラーを見ると、後部座席の三浦さんと視線がぶつかった。ゆっくり目を逸《そ》らして、できるだけ何気ない雰囲気で聞いてみる。

「それで、藍先輩と三浦さんは、どういうご関係で、どこに行こうとしてるんですか」

「どういうご関係だと思う？」

ニヤリと笑った先輩に、溜め息を堪《こら》えた。堪えたのがわかるように堪えてやった。三浦さんは無反応だった。

「先輩、三浦さんに敬語使ってるし、助手席じゃなくて後部座席に乗せてるし。あんまり親しいわけじゃないですよね。お客さんか何かですか？」

「うん、正解。職場の上司の親戚。うちのあたりに用があるらしくて、上司に案内を頼まれたの」

これから世間はお盆休みだし、観光にでも来たのだろうか。震災以降、被災地にお金を落とそうとわざわざ遠方から観光に来てくれる人が増えた。でも、三浦さんは観光客には見えない。新幹線の駅でレンタカーを借りることもせず、地元の人間に案内を頼むなんて。

「案内……」

また、バックミラー越しに三浦さんと目が合う。

「祖父を捜しに来たんです」

今度は三浦さんが視線を外す。炎天下の屋外を見やって、何故か奥歯を噛み締めるように頬に力を入れた。

「五年前、震災で行方不明になりました」

三浦さんの低い声を耳の奥でしっかり聞き届けて、ゆっくり藍先輩を見た。先輩は表情を変えずハンドルを握っていた。

「あの、それは」

「生きてるだなんて思ってないです。死亡届もとっくに出してるし、震災から半年後に葬式も上げました。俺を含めて家族全員、祖父が死んだと納得しています」

他人行儀な言い方だった。でも、そうなってしまう理由が、僕と藍先輩にはよくわかる。

五年前、多くの人がそうだった。最も身近で大切だった人の死を、最も他人事のように語った。そうでもしないとあの頃は生きていけなかった。悲しむより先に、生き残った自分の生活を立て直すために、やるべきことがたくさんあった。いつまでも全身全霊で悲しんでいたら、何も前に進まない。

「じゃあ、お祖父さんの何を捜しに来たんですか」

「別に、何を見つけたいってわけじゃないんですけど、祖父の当日の足取りを知りたいんです。

二〇一一年三月十一日の」

三浦さんのお祖父さんは、中心街から少し外れた山際に建つ一軒家に一人で暮らしていたという。住所を聞いて、僕は「ああ……」と声を上げた。直接の津波被害はなかった地域だ。

「家自体は無事だったんです。でも、祖父の姿だけがなかった。当日、釣り竿を持って、お気に入りの赤いキャップを被って自転車で海の方に行く祖父を近所の人が見かけていて、どこかで釣りをしている最中に地震が起きて、津波に飲まれたんだろうと」

そこまでわかっているなら、むしろ幸運かもしれない。ぼんやりと、その人の最期を想像することができる。それすらできない人が、あの頃は——今も、大勢いるから。

「じゃあ、三浦さんは、お祖父さんが当日どこで何をしていたのか、もっと詳しく知りたいってことなんですね」

彼が頷くより先に、ずっと黙って話を聞いていた藍先輩が「そうなの」と僕を見た。

「三浦さんの伯父さんが、たまたま職場の上司でさ。『甥っ子がこのへんを案内してくれそうな人を探してる』って言うから」

「案内役って、そういうことだったんですね」

先輩が言葉を切るのと同時に、交差点で車が停まる。真新しい信号が毒々しく赤く光っている。このあたりは何もかも新しい。信号機も、標識も、道路のアスファルトも、そこに引かれた白線も。左右に壁のようにそびえる盛り土すらそうだ。あの津波以降にできたものは、何もかも新しい。

交差点を曲がり、軽ワゴン車は海に背を向けて走る。カーナビには弁当屋と商店の名前が表示されているが、実際の風景にはそんなものはない。藍先輩の車のカーナビは、長く更新されていないようだ。

盛り土と盛り土の間を走り、更地を抜け出すと、昔ながらの田畑と民家が並ぶ。津波に飲まれた場所と、運良く逃れた場所。残酷な境目には白い標識が立っている。遠目には案内標識に見えるが、そこには端的に「過去の津波浸水区間　ここまで」と青字で書いてある。

「このへん、津波が来なかったんですね」

背後を振り返った三浦さんが聞いてくる。標識の反対側には「ここから　過去の津波浸水区間」と書いてある。同じ標識が、この町のいたるところに立っている。

三浦さんがそれを確認するのを待つように、一拍置いて藍先輩が答えた。

「車だとわかりにくいですけど、緩く山を登ってるんです。このあたりは海抜が意外と高いから、ぎりぎり津波が来なかったんですよね」

三浦さんが泊まる宿は、そこからさらに山道を登ったところにあった。廃校になった小学校をリノベーションして作られた安宿だ。藍先輩は三浦さんを降ろすと、「明日十時にまた来ますね」と言って、来た道を戻った。

「三浦さん、どれくらいお祖父さんを捜すつもりなんですか？」

「五日間、休みを取ってるんだって」

先輩がダッシュボードを指さす。言われるがまま収納ボックスの蓋を開けると、写真が入っていた。高齢の男性だ。白髪交じりの黒髪。頭頂部が薄くなっているが、日に焼けた顔は凜々《りり》しい。この人が、三浦さんのお祖父さんらしい。目元が三浦さんによく似ていた。

僕はしばらく、写真の中のお爺さんを凝視《ぎょうし》していた。

「五日間で、何か見つかると思います？」

社会人からしたら、五日間の休みは長いのかもしれない。でも、あの津波で行方不明になった人を捜すには、全く足りない。あの日からの時間に比べたら、五日間なんて一瞬だ。

「見つからないだろうね」

悲観しているのか、安堵しているのか。どちらとも取れる顔を先輩はしていた。どうしてこんな面倒事を引き受けたんですか。そう聞きたい。聞こう、聞こうと思っているうちに、僕の実家に着いてしまった。

「宗平、明日は暇？」

やっぱり、そう言うと思った。助手席のドアを開けて、数秒だけ考える。これは地獄への入り口のような気がした。お盆なんだし、親戚が来るとか墓参りがあるとか、断る理由はいくらでもある。なのに、僕はいつの間にか「暇ですけど」と、生意気な後輩として返事をしていた。

「十時過ぎに三浦さんを乗せて来るから、付き合って。お昼ごはんくらいなら奢《おご》るよ」

「えー、丸一日ですか？」

「だって、一日中三浦さんと二人きりとか、気まずいし」

「なら引き受けなければよかったじゃないですか」

「上司の頼みだしさ、断れないじゃない。もしかしたら、私がずっと彼氏いないって知ってて、変な気を回してるのかもしれないけど」

そう言えば僕がついてくると、この人は思っているのだろうか。

「僕、免許も持ってないから運転代われませんし。ただついていくだけじゃないですか」

「宗平、免許取ってないの？　高校のとき原付は乗ってなかったっけ？」

「はい、取ってないです。東京だと必要ないし、一生取らないと思います」

原付の免許も、とっくになくしてしまった。

「まあ、とりあえず、そういうことだから、じゃあね、また明日」

まるで高校時代のようにそう言って、先輩は帰っていった。高台にある僕の家から坂を下り、木々の向こうにクリーム色の車体が見えなくなるのを眺めてから、玄関の戸を開けた。

母さんから「帰ってくるなら連絡くらいしてよ」と小言を頂戴《ちょうだい》したが、意外とすんなり「ごめん」と言えた。とりあえず仏壇にお線香をあげた。

半年ほど帰っていない自室は、ちょっと埃っぽかった。どろりとした熱気がこもっていた。エアコンをつける前に窓を開けて、空気を入れ換えてやる。

二階にある僕の部屋からは、遠くに海が見えた。盛り土と更地があり、震災遺構として残すかどうか揉めている朽ち果てた市役所も見える。窓ガラスがすべて割れて外壁がえぐれた鉄筋コンクリートの建物は、ぼろぼろの消しゴムみたいだった。

盛り土の上でちょこまかと動くショベルカーとブルドーザーは、相変わらずおもちゃのようだ。五年前、瓦礫を片付ける重機も、やはりおもちゃみたいに見えた。ジオラマを眺めている気分になるのはあの頃と変わらない。

　窓を閉めて、エアコンをつけようと、正月ぶりにリモコンを探した。

＊

　いつだったか。多分、僕が美術部に入部した直後だ。藍先輩が半袖のワイシャツを着ていたから、もう衣替えは済んでいたんだろう。

　その日描いていたのはブルータスだった。クラス担任で、美術部の顧問でもある早坂《はやさか》先生が出した課題だった。僕は、藍先輩と菅原先輩に挟まれる形で、淀《よど》んだ白色をしたブルータスの石膏像に向かい合っていた。

　他の部員がいた記憶がないのは、都合良く消し去っているからだろうか。それとも、緩い部だったから、あの日は本当に僕達しかいなかったのか。

「宗平は形を取るのが下手な」

　集中力が切れたらしい菅原先輩が僕の画用紙を覗き込んだのは、一体何時頃だっただろう。目の前の石膏像の形を紙に落とし込もうと四苦八苦し、碌《ろく》に描き進んでいなかった僕は、小さく唸《うな》り声を上げた。

「……すいません」

中学でも美術部だった僕は、それなりに絵が上手い方だと思っていた。美術部で課題として出される石膏像のデッサンなんて、楽勝だと高をくくっていた。ところが入部直後から何かと僕を構ってくる菅原先輩はそれはそれは絵が上手く、僕の浅はかな自信は一週間ほどで木っ端《こっぱ》微塵《みじん》になった。

「ものの形を一発で正確に取ろうとするから、そうやって手が止まるんだよ。修正しながら柔軟に描けばいいの。鉛筆は消せるんだから」

菅原先輩は「センスだけで何かいい絵が描けちゃいます」というタイプだと思っていたのに、意外にも的確な指摘をする人だった。弱点を丸裸にされた気分で、僕は頷いた。

「ねえ、もっと丁寧に教えてあげたら？　それだけ言われても、どうすればいいかわからないじゃん」

藍先輩が会話に入ってきた。「ええー、そうかな」と菅原先輩が顔を顰《しか》める。わざわざ僕に「わかるだろ？」と聞いてくる。

「大丈夫。宗平はできる奴だから。見込みあるから」

僕の両肩をとんとんと叩きながら菅原先輩は言うが、ちっとも本気で言っていないのが長い指をした掌《てのひら》から伝わってきた。

「小野寺君、こいつ、久々に男子が美術部に入ってくれて嬉しいんだよ。構いたくてしょうがないの。付き合ってやって」

そうだ、あの頃はまだ、藍先輩は僕のことを「小野寺君」と呼んでいた。

「あ、そういうことですか。わかりました」

「うわ、宗平、俺の味方につかないのかよ」

菅原先輩がまた僕の肩を叩いた。そのとき僕は、この人との接し方について、この人の扱い方について、ぼんやりと方向性を定めた。「藍先輩の手下になった方が安全な気がして」と言ったら、藍先輩が腹を抱えて笑った。菅原先輩は拗《す》ねた様子でデッサンに戻っていった。

その一時間後。藍先輩がトイレに行ったタイミングで、菅原先輩はまた僕に声をかけてきた。

「本郷は、描いたものを消せないんだよな」

藍先輩のイーゼルの前に立ち、親指の腹で顎を撫《な》でながら、彼はそんなことを言った。ゾッとするくらい似合わない、思慮深い顔をしていた。

「描き込んで描き込んで、結構描き進めちゃったところで形が狂ってるって気づいても、消しゴムをかけることを躊躇《ちゅうちょ》するタイプ」

クリップで画用紙を留めていた図画板を持ち上げて、菅原先輩は藍先輩のデッサンをしげしげと眺めた。まるで彼女そのものを見ているようだった。

図画板をイーゼルに戻す際、彼はくすりと笑った。馬鹿にしているというより――もう咲かないと思っていた花が朝起きたら咲いていた、そんな顔だった。

「菅原先輩は、弱点なしの天才タイプですか」

聞いてから、嫌味っぽかったなと後悔した。菅原先輩は微塵も気に留めなかったけれど。

「格好よく一発で形を取ってるって見えるよう、微妙に修正しながら描いてるんだよ」

イーゼルの前に腰を下ろした先輩は、自分の描いたブルータスを見つめた。安物の石膏像は、ミケランジェロが彫《ほ》った本物の大胸像とはかけ離れていた。迫力がないというか、生き物としての圧がないというか。

そんな量産型ブルータスを菅原先輩が描けば、ミケランジェロの息遣いが見える。眼光の鋭さや、肌の下を血液が流れる音が伝わってくる。

僕が考えていることを両手で掬《すく》い上げるように、先輩は笑ってみせた。

「俺はどっちかっていうと、このモチーフはこうあってほしいっていう理想が強く出ちゃって、実物と形が違ってることに気づかないで描き上げちゃうことがあるかな」

だからデッサンは苦手なんだよね、と文句を言いつつ、先輩は鉛筆を動かし始めた。「ちょっと脚色しすぎたかな」と苦笑いしながら、ブルータスの目元に消しゴムをかけてしまう。

穏やかで飄々としている割に、残酷な性格をしている人だ。僕はそう思った。

＊

竹林に囲まれた高台に建つ平屋の家主は、思っていたより僕達の訪問を歓迎してくれた。事前に訪ねることを手紙で知らせていた三浦さんはともかく、くっついて来た僕と藍先輩にも、嫌な顔一つしなかった。

「今日は夕方に息子夫婦が孫を連れてくるんだけど、昼間は一人で暇だったんだよ」

三浦さんをよく知っているその人は、緒方《おがた》さんといった。作りものみたいな白髪に、口髭まで真っ白だ。その割に姿勢や歩き方は凜《りん》としていて、老いを感じさせない。歳は八十二だと三浦さんが来る途中の車の中で教えてくれた。

緒方さんが振る舞ってくれた冷たい麦茶を飲みながら、居間を見回した。壁に細く長いヒビが入っている。天井から、茶簞笥《ちゃだんす》と仏壇の置かれたところに向かって、行き場を求めて右往左往するみたいに。

僕がそれを見て不安に思っていると勘違いしたのか、「耐震はちゃんと調べてもらって、問題ないって言われてるから大丈夫」と、細く長いひび割れを指さした。

「拓海君、大きくなったね。何歳？」

「今年、三十になりました」

三浦さんは相変わらず、丁寧なようでどこか無愛想な態度だった。

「結婚は？」

「してないです」

「そうか。でも、立派な大人になって、雅司《まさじ》さんも嬉しいだろうね」

雅司さんというのが、三浦さんのお祖父さんの名だ。ご近所同士だったこともあり、二人は親しかったのだという。雅司さんが震災当日に自転車で釣りに出かけるのを目撃したのも、緒方さんだった。三浦さんは、とにもかくにも緒方さんを訪ねるところから、お祖父さんの足取りを摑もうとした。

三浦さんの近状と、僕や藍先輩との関係を聞いて、緒方さんは「今日も暑いねえ」と一杯目の麦茶を飲み干した。二杯目の麦茶を注いで、表情を変える。笑顔が引っ込んだというか、にこやかだった皺《しわ》だらけの顔が凪《な》いでしまった。

「雅司さんを捜したいって、どういうこと？」

麦茶の入った冷茶碗を右手で弄《もてあそ》ぶようにして、緒方さんは聞く。

「祖父の当日の足取りを知りたいんです」

「知ってどうするの」

穏やかな口調なのに、ふと息が苦しくなる。知ってどうする。間違いなく死んでしまっているのに。どこかで奇跡的に——記憶喪失にでもなって家族が迎えに来るのを待っているかもしれないなんて、そんな願い、すっかり枯れ果ててしまったのに。

「どうもしません。知りたいだけです」

きっぱりと言う三浦さんを、藍先輩が流し目に見たのがわかった。僕は早々に、この話に乗ったことを後悔した。三浦さんの案内を藍先輩に頼んだ上司とやらを、恨んだ。

緒方さんは、雅司さんの友人を何人か教えてくれた。どんな名前で、雅司さんとどんな関係で、今どこにいるか。「まずはこの人のところに行ってみるといい。釣り仲間だったはずだ」とアドバイスして、「暑いからちゃんと水分補給しなよ」とスポーツドリンクまで持たせてくれた。

庭先で僕達の車を見送る姿は、自分の子供を送り出すみたいだった。

「随分、フレンドリーな人でしたね」

緒方さんの家が見えなくなってから、僕は思わず呟いた。後部座席に座る三浦さんは、「昔からあんな感じですよ」と窓の外の竹林を眺めていた。

「三浦さん、子供の頃にお祖父さんの家で暮らしてたことがあったんですか？」

無言でハンドルを握る藍先輩を横目に、僕は聞いた。

「どうしてそう思うの」

「いえ、緒方さんと喋ってる感じが、知り合いの孫を相手にしてるっていうより、近所の子供を前にしてるみたいだったんで」

「毎年お盆に両親と一緒に遊びに来てたけれど、小学六年生の頃、半年ばかりこっちで祖父と二人暮らしだったことがあります。だから、緒方さんのこともよく知ってるんです」

その半年のことは深掘りしない方がいいだろうか。バックミラーに映る三浦さんの顔を見つめて考えていたら、突然彼が「ここなんです」と声を上げた。

藍先輩が慌ててブレーキを踏む。振り返ると、三浦さんは窓に鼻先を擦りつけるようにして、外を凝視していた。

「あ、すいません。ここが、祖父の家だったんです」

彼の視線の先には何もなかった。山間の、乾いた畑と浅い森に囲まれた中に、点々と古い民家が並ぶ一帯。その中に、不自然に更地になった場所がある。そこに生えた草木の背の高さや荒れ具合から、いつ頃更地になったかおおよそ見当がついてしまう。

三浦さんは降りるつもりはないようだったが、藍先輩が外を見つめたまま車を出さずにいると、ゆっくりとドアを開けて更地へ向かっていった。少し迷って、僕も車を降りた。先輩が運転席側のドアを開ける音が重なった。

「津波の被害はなかったんですが、地震で半壊したので、住む人間もいないし取り壊したんです。買い手のつく土地でもないので、この通り放置してあります」

あとをついていった僕達に、三浦さんは説明してくれた。説明せざるを得ない形になってしまったことを申し訳なく思った。

瞬《まばた》きをする。緒方さんの家の居間に走っていたヒビが、暗闇に稲妻のように浮かんだ。

「緒方さん、今日の夕方に息子夫婦が孫を連れてくるって言ってましたよね」

口の端から言葉がこぼれるように、気がついたら声に出ていた。三浦さんは腕を組んで、喉の奥で小さく唸った。自分の足下を、スニーカーの爪先を、睨《にら》みつける。

もはや、それが答えだった。

「緒方さんの息子夫婦は、津波で亡くなってます。お孫さんも一緒に。遺体も見つかってるから間違いない」

生暖かい風が、背後から――海の方から吹いてくる。「祖父を捜してるときに、本人から直接聞いたんで」と語る三浦さんの低く掠《かす》れた声が、搔き消されそうになる。

「両親が小学校に子供を迎えに行って、高台に避難しようとして、渋滞に巻き込まれたところを津波に飲まれた、だったかな」

あの日、そういう形で亡くなった人は多かった。とても多かった。大勢の人が自家用車で高台を目指し、町中の決して広くはない道路は車であふれ返った。そこに、ふう、と息を吹きかけるように、津波はやってきた。

「仏壇に、写真が飾ってありましたもんね」

居間に通されたとき、仏壇に視線が吸い寄せられた。そこには四十代くらいの男女の写真と、小学生の男の子の写真があった。仏壇からあふれ出そうなくらい、花が飾ってあった。居間はほんのり線香の香りがした。

「今日、迎え盆ですから」

玄関先で火を焚《た》いて、家の場所を知らせる。帰ってきてほしい人達に、生き残った人間が待っていることを伝える。緒方さんの言った「連れてくる」の意味と、あえてそういう表現をした胸の内について考えていたら、ずっと黙っていた藍先輩が「あ」と声を上げた。

「お庭に植えてたんですか？　向日葵《ひまわり》」

先輩が指さした先、恐らくかつて庭だった場所に、向日葵が五、六本、まとめて咲いている。生い茂った雑草の中で、眩《まぶ》しい黄色が陽だまりのように揺らめいていた。

三浦さんはしばらく何も言わなかった。記憶の渦から何かをたぐり寄せるように、しばらくして「そうですね」と漏らす。

「植えて、ましたね。手入れする人間がいなくても、意外と咲き続けるんですね、あれ」

三浦さんの話し方が変わらずぶっきらぼうだから——この場所に思い入れなんてないんだと

自分に言い聞かせているようだったから、あの向日葵を植えたのは、彼がここで暮らしていた頃なんじゃないかと、そんなことを考えてしまった。

小学生の彼と彼のお祖父さんが、向日葵の種を植えた場所にジョウロで水をやっている。そんな勝手な想像をした。

*

僕達の高校では、秋に体育祭があった。体育祭と言っても、クラス対抗でバスケやバレー、サッカー、ソフトボールといった球技をやるだけだから、中学までの体育祭とは随分雰囲気が違った。

バスケチームに適当に振り分けられた僕は、初戦の開始五分で交錯に巻き込まれて足を痛めた。保健室で湿布を貼ってもらったが「捻挫《ねんざ》ではない」と言われ、これは絶対捻挫のはずなのに、と首を捻りながら美術室に向かった。今更試合に戻る気にはなれなかった。

「うわ、先客がいた」

誰もいないはずの美術室で、菅原先輩が携帯を弄《いじ》っていた。生徒用の椅子をいくつか繋げて、その上に寝転がっている。開け放った窓から反対側の窓へ風が通り抜け、それに油絵の具の匂いが混じる。夏と秋の狭間の爽やかな匂いだった。

「うわ、とは酷いなあ、宗平」

体育祭では毎年、クラスごとに揃いのTシャツを作る。真夏の太陽のような眩しいレモンイエローのTシャツは、怠そうに欠伸《あくび》をする先輩にはすこぶる似合っていなかった。

「先輩、レモン色、似合わないですね」

「宗平も、ショッキングピンクが恐ろしく似合わないな」

クラスメイト全員の名前がプリントされたTシャツの裾を引っ張り、見下ろす。毒々しいピンク色に、自分の肌が拒否反応を起こしている。

「宗平もサボり?」

「足を捻ってやる気がなくなりました」

テーブルの下にしまわれていた椅子を引っ張り出し、菅原先輩の側に腰掛ける。先輩は怪我をしているようにも体調が悪いようにも見えないから、純粋にサボっているのだろう。

「なんで九月にクラスマッチなんてやるかなあ。もうちょっと涼しくなってからでもいいじゃんな」

あと一週間ほどで衣替えだというのに、今日は気温が高かった。屋外や体育館で体を動かしていると、じわじわと体が干からびていくような陽気だ。

「みんな元気だよなあ」

一際大きな欠伸をした菅原先輩が体を起こす。猫のように伸びをして、のそのそと窓際に移動した。

美術室の窓からは、野球グラウンドで絶賛開催中の女子ソフトボールの試合が見えた。

「お、本郷だ。あいつ女子ソフトやってんだな」

絵筆を洗う流し台に腰掛け、菅原先輩はふふっと笑った。「え、本郷、左打ちだったんだ」なんて呟く。綺麗な色のビー玉でも見つけた、という顔をして。

「菅原先輩は、どこのチームだったんですか?」

僕も窓辺に歩み寄る。窓枠は、今日の気温に反してひやりと冷たかった。

「サッカー。俺がボールを蹴るとズビシって変な音がするんだよね」

グラウンドでは、いつもは長い髪を下ろしている藍先輩が、今日は綺麗なポニーテールを作っていた。本当に、綺麗な毛並みをした馬の尻尾のようだった。

夏の日光の名残《なごり》が土埃になってグラウンドを舞う。空振りをした藍先輩は、ベンチにいるチームメイト達と一緒にげらげらと笑った。

「菅原先輩、ジュース飲みます?」

いつまでもグラウンドを見ているのが——正確には、菅原先輩と一緒に藍先輩を眺めているのが奇妙なまでに恥ずかしく感じて、僕は美術室の隣にある準備室へ向かう。準備室の冷蔵庫は、美術部の部員が勝手に飲み物やお菓子を入れているから。

「飲む」

グラウンドから目を離すことなく菅原先輩は頷いた。レモンイエローは、本当に彼に似合っていなかった。

＊

山肌を撫でるような長い坂を上り、僕と藍先輩がかつて通っていた県立廻館《まわりたて》高校の正門をくぐった瞬間、三浦さんが目を丸くしたのがバックミラー越しにわかった。彼の目は、グラウンドの半分を埋めるプレハブタイプの仮設住宅に向けられていた。

それを察したように、藍先輩が口を開く。

「随分減ったんですよ。震災後一年くらいは、グラウンド一面がプレハブだったんで」

ね？　と先輩が僕を見る。僕の高校生活は、仮設住宅と共にあったと言っても過言ではない。授業中にふと窓の外に視線をやれば、そこには灰色のブロックを並べたような仮設住宅が当たり前に存在していた。

「すいません。五年たっても仮設住宅で暮らしてる人がいるって、わかってはいたんですけど」

プレハブの群れを見つめたまま、三浦さんはばつが悪そうに眉を寄せた。

緒方さんが教えてくれた雅司さんの友人は、今も仮設住宅に住んでいた。かつて百戸ほどあったプレハブ住宅は、今は四十戸ほどになった。複数の住戸が連なり、それぞれの棟に番号が割り振られている。

住戸の軒先には、同じ形の表札が掲げられている。形は一緒だが、すべてデザインが違う。黄色とか水色とか桃色とか、派手な色使いのものばかりだ。動物や花のイラストが描かれたものもある。

「ここの表札、僕達が作ったんですよ」

三浦さんが表札一つ一つを物珍しげに見ているのに気づいて、僕は説明する。

「震災から三ヶ月くらいたった頃に、仮設住宅に表札を贈ろうって、うちの生徒みんなで美術の授業の時間に作ったんです」

仮設住宅の背後にそびえる校舎を指さすと、三浦さんは合点がいったという顔をした。

完成したばかりの仮設住宅は、住民が入居してもどこか無機質で、初夏になっても寒々しい雰囲気を残していた。灰色の外壁に、鋼製の波打つ屋根に、均等に並ぶ室外機とプロパンガス。アルミサッシのガラス戸の向こうは、いつだって薄暗かった。無表情の顔が延々と並んでいるようで、棟と棟の間を歩いていると、出口がなくなってしまったような気分になった。だから、それぞれの住戸に表札をつけた。同じデザインの表札はない。住戸に顔がつけば、無表情でなくなる。

五年たって、どの表札も色褪《いろあ》せてしまった。入居者がいなくなったのか、表札がない部屋もある。一つ一つ確認しながら、緒方さんに教えられた名前を探した。

「あった。菊地《きくち》さん」

僕と三浦さんの半歩前を歩いていた藍先輩が立ち止まる。棟の一番端に「菊地成一《せいいち》」という表札が掲げられていた。菊の字から連想したのか、表札は鮮やかな黄色をしていた。

ガラス戸はカーテンが開いていて、中の様子を窺うことができた。藍先輩が「ごめんくださーい」と戸をノックしたが、応答はない。

狭い部屋だから、ガラス戸から室内が見渡せてしまう。手前に台所、その隣にトイレと風呂場と思《おぼ》しきドアがあって、奥が六畳ほどの和室だ。布団が一組畳まれていて、卓袱台《ちゃぶだい》があって、その上にテレビのリモコン。麦茶か何かを飲みかけたグラス。

「どうします？　緒方さんから聞いた電話番号に掛けてみます？」

藍先輩が三浦さんに聞く。緒方さんはこの菊地という人の電話番号を教えてくれたが、三浦さんが昨日何度か電話を掛けても出てもらえなかった。

「固定電話の番号なので、掛けても意味はなさそうです」

電話番号が書かれたメモを確認して、三浦さんは肩を落とす。試しに電話を掛けてみたが、部屋の中から固定電話のコール音が聞こえただけだった。

今日も昨日に負けず暑かった。軒先で待っているだけで、じりじりと肌が焼けていく。お盆だというのにひっそりとした仮設住宅にいると、時間の感覚が妙に長い。

とりあえず一旦車に戻って作戦を立て直そうか。藍先輩がそう切り出したとき、近くの住宅の戸が開いて、一人の女性が「それじゃあまたねえ」と出てきた。

「菊地のお爺ちゃんにご用ですか？」

四十歳前後に見えるその人は、藍色のTシャツを着ていた。胸に白い字で、市内で活動するボランティア団体の名前がプリントされている。震災後に発足し、仮設住宅で暮らす独居老人を訪問して話し相手になる見守り隊活動をしていたはずだ。

「多分、二棟隣の河田《かわた》さんっておうちで野球見てるよ」

さすがは見守り隊だ。言われた通り河田さんという家を訪ねると、六畳の和室で菊地さんと河田さん夫婦が甲子園中継を見ていた。

突然ガラス戸をノックした僕達に三人は怪訝《けげん》な顔をしたが、三浦さんが雅司さんの名前を出すと、菊地さんは頰を緩めた。皺だらけの額も、髪の毛が一本も生えていない頭部も、浅黒く日焼けしている。緒方さんよりも年下に見えるから、七十代前半といったところか。

「拓海君か、知ってるよ。孫が学校に行けなくなったって、三浦のジジイがぼやいてた。昔、俺が三浦の家に行ったとき、『一緒に釣りに行くか？』って聞いたら、二階に逃げてった子だろ」

玄関先で不躾《ぶしつけ》にそう言った菊地さんに、三浦さんは言葉を失った。聞いてはいけない話題だった気がして、僕と藍先輩は全く同じタイミングで咳払いをした。

「……祖父の、話を伺いたくて、東京から来ました」

「遙々《はるばる》遠くから来て、三浦も喜んでるね、きっと」

河田さん夫妻は「狭いのと野球が嫌じゃないなら上がっていって」なんて言ったが、狭い和室に大人六人はとても座り切れそうになく、僕達はぞろぞろと菊地さんの家へ戻った。菊地さんはすぐにテレビを点けてチャンネルを甲子園中継に替え、エアコンのスイッチを入れた。

蒸し暑かった室内は、三浦さんがここへ来た事情を説明し終える頃には幾ばくか涼しくなっていた。しかし、三浦さんが言葉を重ねるほどに、菊地さんの表情は曇っていった。

「悪いね、せっかく来てくれたのに」

話しながら結果を悟っていたのか、三浦さんは「いえ」と短く頷く。

「三浦とは、よーく一緒に釣りに行ってたけど、あの日は一緒じゃなかった」

ずずっと麦茶を啜《すす》った菊地さんに釣られるように、僕達も麦茶のグラスに手を伸ばす。緒方さんの家で飲んだ麦茶より、渋くて温《ぬる》かった。会話が途切れてしまい、甲子園中継の声が嫌に大きくなる。

「菊地さんと三浦さんのお祖父さんがよく一緒に行っていた釣り場は、どちらなんですか?」

話が続かないと思い、僕はさり気なく会話に入った。海沿いの釣り場の名前をいくつか挙げると、菊地さんは「そうそう」と頬を綻ばせた。

「漁港の周りの防波堤ではチカと根魚がよく釣れてね。砂浜でもカレイとかヒラメが釣れた。夜なら穴子も狙えたね。三浦のジジイは、いつも奥さんが買ってくれた赤いキャップを被って釣ってた。年を取ってからは夜が早くなっちゃって、夜釣りはしなくなったけど」

そこで菊地さんは、何かを思い出したように三浦さんを見た。

「そうだ、君がこっちに来てからだよ。三浦が夜釣りをしなくなったの。『夜に家を空けたら可哀想だから』って」

三浦さんは、しばらく何も返さなかった。口に含んだ水を温めてから飲み下すみたいに、ゆっくりと瞬きを繰り返した。

「僕が東京に帰ってからも、祖父は夜釣りをしなかったんですね」

ふうと、三浦さんが吐息をこぼした。笑ったようにも聞こえたし、嘆いたようにも聞こえた。

そんな彼の横顔を、藍先輩がじっと見ていた。

「ねえ、拓海君。どうして三浦の足取りを知りたいの」

テレビから快音が響く。ヒットが出たようだ。菊地さんはテレビに視線をやったが、すぐに三浦さんを見た。

「気持ちはわかるけど、もし上手いこと三浦があの日いた場所がわかったところで、なんにもならないよ。本当に、なんにもならない」

菊地さんの口調は変わっていないのに、どこか圧力があった。胸元をぐっと押されるような感覚に、この人もきっと、震災後に誰かを捜した経験があるのだろうと思った。ここに一人で暮らしているのは、もともと独り身なのか、震災で家族を亡くしたからなのか。

「少なくとも、他人を巻き込んでまでやる意味はないと思うな、俺は」

菊地さんの目が、僕と藍先輩を順番に見る。慌てて愛想笑いを浮かべようとしたが、三浦さんが息を吸う音に掻き消された。

「菊地さんがご存じの通り、僕は小学六年生の頃、いろいろあって学校に行けなくなったことがあります。両親ともあまりいい関係とはいえない状態になって、祖父が僕を預かることになりました」

三浦さんは、麦茶のグラスを見ていた。澄んだ茶色の向こうに、何を見ているのか。

「祖父は寡黙《かもく》な割に、ときどきとても耳に痛いことを言う人で、僕は嫌いでした。こっちで暮らしている間も、ふとした拍子に『学校で何があった』と聞いてくるのがものすごく嫌で、あまり口を利かなかった」

「あはは、わかるよ。三浦はあまり口数が多い方じゃなかったが、その代わり言うときは言うんだ。昔からそうだった」

ざらついた声で笑う菊地さんに、三浦さんは頷く。

「祖父は僕を無理に外に連れ出したり、こっちの子供と遊ばせようとはせず、放っておいてくれました。でもときどき『釣りに行くか』と誘ってくるんです。『どうせ夜更かしするなら、夜釣りに行くか。夜釣りは楽しいぞ』って」

「あの人は夜釣りが好きだった。昼より大物が釣れるし、静かだし。暗い中、獲物がかかるのをじっと待ってるのが性に合ってたんだろ。瞑想《めいそう》みたいなもんだってよく言ってた」

「僕は、一度も祖父と釣りに行きませんでした」

遠くに投げ捨てるように、三浦さんが言う。

「東京に戻るとき、『今度こっちに来たら、夜釣りに行こう』と、一方的に約束させられました。東京に帰って、思い切って学校に行ってみたら意外とすんなり登校できるようになって、中学、高校と進学するにつれてどんどん祖父とは顔を合わせなくなった。そのまま、祖父はいなくなりました」

また、テレビから快音が響く。どうやら、菊地さんが応援していた東北の某県代表が終盤で逆転されてしまったようだ。アナウンサーが大声でそれを伝えている。でも、菊地さんはもうテレビを見はしなかった。ずっと三浦さんを見ていた。

「なんにもならないと、僕も思っています。何年も行方不明の人がいるのに、お盆休みにふらっと来ただけの僕が、祖父の何かを見つけられるはずがない。でもせめて、祖父が最期にどんな景色を見ていたかくらい、知りたいと思ったんです」

試合はそのままゲームセットになった。負けたチームの選手が、甲子園の土を両手でかき集めている。真っ黒な指先で、表情を殺して、機械的に土を袋に詰めていく。どうしてだか、この五年間頻繁に行われている、海辺での行方不明者捜索活動を連想した。

選手達が退場し始めた頃、菊地さんが再び「悪いね」と言った。

「三浦のこと、何か思い出したら、連絡するから」


午後からも雅司さんの友人を訪ね歩いた。菊地さん同様、仮設住宅に暮らす人もいれば、民間借り上げ住宅に移って生活している人、高台に新しく家を建てた人、いろんな人がいた。けれど、あの日の雅司さんの行方を知る人はいなかった。

結局何も摑めないまま、この日は解散することになった。宿まで送ると藍先輩は言ったのに、三浦さんは「歩きたいんで」と譲らず、町の中心に建てられたプレハブ商店街の駐車場で車を降りた。日も暮れかけ、歩く人なんて誰もいない真新しい道を、三浦さんは本当に徒歩で帰っていった。

「夕方になって涼しくなったし、熱中症で倒れるってこともないか」

駐車場の端の自販機で炭酸ジュースを二つ買った藍先輩が、一つを僕に向かって放り投げてくる。炭酸を投げるなよ、と思いながら慎重に受け取り、体から離してプルタブを開けた。案の定、白い泡がぬるりとあふれた。

「めげてないかなあ、三浦さん」

自販機横のベンチに腰掛け、藍先輩は空を見る。夕焼けに夜空の色が混ざり込んで、淡いすみれ色をしていた。

「昨日は緒方さんからすんなり手がかりが出てきたのに、今日は全部空振りだったから。しかも、あんまり話したくないことをみんなの前で話すことになっちゃったし」

きい、と藍先輩の座るベンチが鳴る。震災後に「町に賑わいが戻るように」と急ピッチで建設されたプレハブ商店街は、ベンチも自販機も、植木の一つ取っても不自然に新しい。

遠くから誰かの笑い声が聞こえた。商店街は、お盆休み中も賑わっている。観光客もいるし、明日はささやかな夏祭りと盆踊りもあるんだとか。

「最期の景色が見たい、かあ。意外と情緒的な人なんだね、三浦さんって」

炭酸ジュースを一口飲んで、先輩が呟く。

「遺体が見つかってないとさ、せめてそれくらいは、って考えるものなのかな」

「三浦さん、お祖父さんと釣りに行かなかったこと、後悔してるみたいですもんね」

僕達は今、同じ人のことを考えている。菅原晋也が最期に見た景色は何だったのか。最期に何を思ったのか。あの日からずっと考えている。

「ねえ、宗平の家は迎え火した？」

「僕の家はもともと迎え火をする習慣がないんで。お墓参りをするくらいですよ」

「うちもそうだなあ」

気のせいだろうか。昨日から、町はどこか煙たい匂いに包まれている。迎え火の残り香が町中を漂っている。一体どれくらいの人が昨日、迎え火をしたのだろう。これはお盆の匂いというやつなんだろうか。誰かが誰かを供養する匂いなんだろうか。人間の魂が、かつてあった場所を懐かしむ匂いなんだろうか。

「三浦さん、こっちにいる間に、お祖父さんのことを納得できるといいですね」

何をもって納得できるのか。何かを見つけることなのか、見つからないという事実なのか。わからないから、五年たっても僕はあの人のことを考えてしまう。

「宗平って、地震のとき外にいたんだよね？」

まるで明日の天気の話でもするみたいに、先輩が聞いてくる。

「休みに入る前に、学校に携帯を忘れて帰っちゃったんですよ。自宅学習期間だったけど、職員室で先生に頼めば取ってきてもらえるかなと思って、取りに行ったんです。その途中で地震が来て、津波警報まで聞こえてきたから、慌てて近くの五階建てのビルに逃げ込みました」

避難所へ移動できたのは二日後だった。家族としばらく連絡が取れなかったから、母さんには心配をかけた。そのせいで母さんは僕が東京の大学に行くことも大反対したし、東京で就職しようとしていることにも猛烈に反対している。一人息子を、側に置いておきたいんだろう。

「藍先輩」

「なあに」

「藍先輩は、菅原先輩が最期に見た景色、見たいですか?」

どうして、彼の名を出してしまったんだろう。僕は早速後悔した。きっとこの匂いのせいだ。迎え火の残り香のせいだ。

「生きてるなんて思ってないからね」

炭酸ジュースを呷り、先輩は笑ってみせた。笑い切れていない、どこか引き攣《つ》った顔から、僕は目を逸らした。

「ただ、死んだとも思えないから困るよね」

どっちかにしてよ、って感じ。そう言いたげに肩を落とした先輩に、僕は何も答えず炭酸を口に含んだ。喉に焼けるような痛みが走った。

「三浦さんを案内してあげてほしいって頼まれたとき、思っちゃったもんね。この人も、同じ気持ちなんだろうなって。だからせっかくのお盆休みなのに引き受けちゃったし」

震災直後にはあった「生きているはずだ」という望みは、時間がたつごとに——瓦礫が片付けられ、壊れた町が少しずつ整理されていくごとに、テレビの震災報道が少なくなっていくごとに、すり切れていった。まだ、もしかしたら、万が一、奇跡的に……そんな言葉を積み重ねながら、諦めの輪郭が濃くなっていった。そうこうしているうちに、「ここいらが潮時だ」と思うときがくる。

大勢の人が、その〈潮時〉を無理矢理踏み越えてきた。

＊

僕はその日、活動日でもないのに美術室へ行った。ブレザーの下にセーターを着ないと冷えるようになった、十一月の中頃のことだ。

引き戸の窓ガラス越しに美術室を覗くと、予想通り藍先輩がいた。いつも使っている椅子に腰掛け、テーブルに突っ伏している。ゆっくり戸を開けると、藍先輩はびくっと肩を揺らして飛び起きた。僕を見て、「ああ……」と喉の奥から絞り出す。

「菅原先輩だと思いました？」

藍先輩の隣に鞄を置く。彼女は「思ったよう」と大きく伸びをした。

「まさかあいつ、先生にも報告しないで帰ったりしないよね？」

「百パーセントないとは言い切れませんけど」

今日は、菅原先輩が受験したＡＯ入試の合格発表がある。今日の午後二時に、大学のホームページに合格者の受験番号がアップされるらしい。今は午後四時半。もうとっくに合格発表はされている。授業中にこっそり携帯で見るなり、放課後に担任とパソコンでホームページを見るなりして、菅原先輩は合否を確認したはずだ。

美術部顧問である早坂先生に報告するため、先輩は美術準備室に来る……美術部の人間が美術室にいれば、ついでに顔を出すだろう。そう思ってわざわざ来たというのに、菅原先輩はまだ現れない。

「藍先輩、隣のクラスなんだから直接聞きに行けばよかったんじゃないですか？」

「他の子もいる前で？　『菅原ぁ、受験どうだったー？』って？　無理だよ。万が一落ちてたらどうするの」

「メールしてみるとか」

「返事を待ってる時間がしんどすぎるし、不合格だった場合に返す言葉を私は持ってない」

「それ、ここで待ってて合否を聞いたとしても一緒じゃないですか」

「そこは宗平が上手いことフォローしてよ」

テーブルに両手で頬杖をついた先輩は、そのままずるずると突っ伏してしまう。菅原先輩が来る気配は、ない。

「そういう藍先輩は、内定出たんですか？」

先輩は九月に県内の企業の面接を受けた。結果はとっくに出ているはずだ。菅原先輩に気を遣って、話題に出さないようにしていただけで。

「うん、随分前に出たよ」

突っ伏したまま、藍先輩が答える。まるで不採用だったみたいな口振りだ。

「それはおめでとうございます。もっと喜んだらいいのに」

「同じ部活を三年間やってきた菅原の進路が決まったら喜ぶよ」

言い訳がましく呟いて、先輩は小さく小さく、本当に小さく溜め息をついた。あーあ、この二人がさっさと付き合っちゃえば話が早いのに。心の声が喉まで出かかって、咄嗟に掌で口を塞《ふさ》いだ。

藍先輩は随分心配しているようだが、僕は菅原先輩が不合格になるとは思えなかった。成績だって悪くないし、あの人は、この小さな美術室という名の井戸で育った蛙ではない。井戸の中で「ここは居心地がいい」と言いながら、ちゃっかり大海の美しさも荒々しさも知っている。もちろん空の青さも、しみじみと理解している。

「藍先輩、菅原先輩が上京しちゃったら、寂しくなりませんか?」

あからさまだったと思い直し、「三年間、部活一緒だったんだし」と無理矢理付け加えた。フォローになっていない気がしたけれど、藍先輩は自分の前髪を弄りながら小さく唸った。

「近場に美大なんてないし、県外に出るしかないでしょ」

そういうことじゃなくて。

でも、その先をどう言葉にすればいいのか、僕にはわからない。

「……受かると思いますよ、菅原先輩。ていうか落ちたとしてもまだ一般入試があるじゃないですか」

「受かると思いますと言った一秒後に、何故落ちた話をする」

むくりと顔を上げた藍先輩が、僕を睨んでくる。「仮定の話ですってば」と返した瞬間、引き戸を無遠慮に開ける音がした。耳の奥をトンと突かれたようだった。

振り返らなくても、菅原先輩の音だった。

「部活の日でもないのに二人で何やってんの」

人の気も知らないで呑気なんだから、と、藍先輩は言うのではないかと思った。しかし、勢いよく立ち上がった彼女はただ一言「どうだった?」と首を傾《かし》げた。

菅原先輩は「……何が?」と、藍先輩を真似するように首を傾げた。

「いやいやいや、合格発表!　それ以外に今日何がある!」

「ああ、合格発表ね。うん、受かった受かった。春から無事、美大生」

ピースサインを僕達の方に突き出した先輩は、当たり前のように「本郷は?」と聞く。

「面接の結果、とっくに出てるんだろ?」

なんだよ。この人は、藍先輩が気を遣って内定の話題を出さずにいたと、ちゃんと気づいてたんじゃないか。

「……ああ、うん、受かった。春から社会人」

菅原先輩の言葉を真似るように、藍先輩が答える。不意打ちを食らった横顔に、僕は頭を抱えたかった。

「おっ、マジで?　やったじゃん。これで大手を振って卒業できるな」

いえい、と掌を指し出した菅原先輩を、藍先輩が凝視する。彼の掌と、口元と、目を、順番に。「いえい!」とハイタッチをした藍先輩は、いつもの藍先輩だった。

さあ、二人とも進路が決まったんだから。どっちでもいいから告白でも何でもして、付き合っちゃってくださいよ。

　また心の声が喉まで出かかって、僕は掌で口を塞いだ。菅原先輩と目が合った。

＊

「三浦さん、食べないんですか？」

　運ばれてきた冷やしたぬきうどんに手をつけず、一点を見つめたまま動かない三浦さんの顔を、僕は恐る恐る覗き込んだ。ハッと我に返った彼は、「食べます」とわざわざ宣言して箸を持った。

　三浦さんが町に来て、四日目。今日は午前中に、町外に住んでいる雅司さんの友人を訪ねた。震災後に息子夫婦と同居するようになった人と、市外の民間借り上げ住宅に移った人だった。案の定、たいした成果は得られず、僕達はプレハブ商店街の一角で昼食を取っていた。

「とりあえず、生活再建の道がまだまだ険しいことは、思い知りました」

　小さく溜め息をついて、三浦さんはうどんを啜った。この三日間、いろんな人の話を聞いた。仮設住宅から災害公営住宅に移ろうと思ったら入居条件を満たしていないと突っぱねられ、かといって収入が安定しないから新居を探すこともできない、とか。東京オリンピックの開催が決まってから建設業の働き手を東京に取られてしまい、復興の見通しが立たない、とか。

　東京の人は、三月になったら被災地を思い出せばいいだろうけどさ。オリンピックだって盛り上がってる中、こっちは仮設住宅で暮らしてるのに。そんな話を、東京で暮らす三浦さんは居心地悪そうに聞いていた。

「うんざりしちゃうタイミングなんですよ、きっと」

げっそりと俯いた三浦さんを、藍先輩が目を泳がせながらフォローする。

「震災後、一、二年は瓦礫が撤去されてどんどん景色が変わっていったけど、そのあとは意外と進捗がないんですよ。精々盛り土ができたくらい。さすがにオリンピックまでにはもう少しマシになってると思いたいんですけど」

冷やしたぬきうどんを啜りながら、僕は藍先輩の言葉に頷いた。瓦礫の撤去に比べたら盛り土の造成はゆっくりで、町の景色は代わり映えしない。

だから、停滞しているような気がする。自分達の時間が止まってしまい、何事もなかった人達ばかりが軽快に歩んでいるように思えてしまう。年に数回帰省するだけの僕がそうなのだから、町で暮らす先輩は余計そう思っているはずだ。

「三浦さん、明日の夜には東京に戻るんですよね？」

僕の問いに、三浦さんはうどんを口に入れたまま頷く。五日間の夏休みは、やはり短すぎた。

「今回だけで何かわかるとは端《はな》から思ってなかったんで、また時期を見て来てみます」

表面的なものかもしれないが、彼は穏やかな顔をしていた。けれど、黙ってうどんを啜る藍先輩の無表情が、僕は怖かった。

「どうして今だったんですか」

彼女が口を開いたのは、自分の丼を空にした後だった。プレハブの外では、今夜の夏祭りと盆踊りに向けて準備が進められている。店の前のビニールプールの中で、金魚掬い用の金魚が蠢いている。

「お祖父さんが最期に見た景色を、どうして今、探したくなったんですか？」

お冷やのグラスを口に寄せて、三浦さんは困った顔をする。でも、すぐに口を開く。

「三十になると、周りも自分自身も、勝手に人生に区切りをつけようとするんですよ。しかも震災から五年たって、世間も〈一区切り〉って雰囲気になってるし。だから、区切りをつける必要があるのかなと思って」

「お祖父さんと同じ景色を見たら、区切りがつくんですか？」

そんな意地悪な聞き方をしなくたっていいのに。そうせざるを得ないのは、先輩もまた、当事者だからだろうか。

「死亡届を出しても、葬式を上げても、四十九日が過ぎても、一周忌が過ぎても、祖父を真似て釣りを趣味にしてみようとしても、区切りがつかなかったんですよ。だから、もうそれくらいしか思いつかなくて」

どうして、五年で一区切りなのだろう。五、十、十五……五の倍数は区切りがいいというのだろうか。そんなことを、一体誰が決めたのだろう。一体、誰の感覚なのだろう。

もしくは、誰かが区切りと決めてくれないと、それを仕方なく受け入れないと、僕達は区切ることすらできないのだろうか。

僕達の時間は、あの日から止まっている。世界から取り残されている。そんなわかりやすい言葉で語るには、僕達の心は散らかりすぎていた。

店を出ても行く当てがなかった。祭の準備で賑やかな商店街が、なんだか恨めしい。

「送り火って、明日でしたっけ」

駐車場に向かう最中、三浦さんが聞いてきた。僕と藍先輩が答えなくとも、明日だと確信しているようだった。

「迎え火はやらなかったけど、送り火くらいは焚いて帰りますかね」

どこで、とは三浦さんは言わない。僕達に「四日間もありがとうございました」と頭を下げ、背負っていたリュックサックから茶封筒を出して藍先輩に渡す。

「小野寺君の分も一緒に入れてるので、二人で分けてください」

中身は、この四日間分の謝礼なのだろう。藍先輩は「何もお力になれなかったんで」と返そうとしたけれど、三浦さんは決して受け取らなかった。

「一人だと、緒方さんに会いに行けたかもよくわかりません。だからいいんです」

感謝の言葉を述べているのに、彼は何かを取りこぼしてしまったような愛想のない顔をしている。「あと一日あるじゃないですか」と元気づけるところかもしれない。でも、どうしても出てこない。何があと一日だ。一日で何かがわかるなら、こんなに苦しくないさ。

三浦さんのスマホが鳴ったのは、そんなときだった。一礼した彼は、スマホの画面を確認して怪訝な顔をする。すぐに電話に出ると、「昨日はどうも」とスマホを耳に押し当てたまま会釈した。

相手は昨日会った菊地さんだと、応対する彼を見ているうちに僕も先輩も気づいた。三浦さんの声が徐々に大きくなり、目が見開かれていく。

「いました」

電話を切った彼は、しばらく顔を上げなかった。

「地震発生の一時間前に祖父を見た人が、いました」


お盆休み中で閑散《かんさん》とした漁港の駐車場に車を停めると、その人はもう待っていた。商店街から寄り道せず真っ直ぐ来たのに。どうやら、僕達のために大急ぎで漁港まで来てくれたらしい。僕達に気づくと、両手をぶんぶんと振って手招きしてくれた。

その人は、千葉《ちば》さんという女性だった。今日も、胸にボランティア団体の名前がプリントされた藍色のTシャツを着ている。お盆の間も、ずっと独居老人の自宅を訪問しているのだろう。

菊地さんを訪ねたときに会った千葉さんが、まさか、雅司さんの足取りを知っていただなんて。これは偶然なのだろうか。それとも、神様か何かのいたずらなのだろうか。

とても、嫌な予感がする。

このささやかな旅路に、ハッピーエンドなど有り得ないのだ。どんな幸運が降り注いでも、必ず、僕達は打ち拉《ひし》がれる。

確実にこの世にいない人を——九十九パーセント死んでいる人の行方を捜している。どれだけ捜したって、どこに辿り着いたって、九十九パーセントは九十九パーセントのまま。百パーセントになることすら、ない。ただ九十九パーセントこの世にいないことを思い知るだけ。

「行方不明のお祖父さんを捜してるなんて、菊地さんから聞いてびっくりしちゃった」

菊地さんは、ボランティアとして訪問した千葉さんに、僕達のことを話したらしい。町中の高齢者の話を聞いて回る千葉さんなら何か知っている可能性があると思ったのか、はたまた彼女なら何か情報を摑んでくれると思ったのか、ただ話したかっただけなのか。

でも、千葉さんは知っていた。

五年前、二〇一一年の三月十一日の午後。この漁港の側の堤防で、赤いキャップを被って釣りをする高齢の男性を、彼女は見ていた。

「私ねえ、普段はデイサービスで働いてるんだけど、車で利用者さんの送迎をするのによくこのあたりを走るの」

防波堤は、二車線道路に沿う形で海岸線を走る。震災で一部が崩れてしまったから、新しい部分と古い部分が継ぎ接《は》ぎにされて連なっている。道路の先は町外れに続いており、そこに千葉さんが勤めるデイサービスセンターがあるらしい。道を反対側に行けば大きな交差点に行き当たり、そこを左折して長い坂を上れば僕達が通った高校がある。

駐車場を出てしばらく歩くと、防波堤に上がれる階段があった。「ゴミは持ち帰ること」という真新しい標識が立っている。投げ釣りをしている人の姿がいくつかあり、震災後も変わらず釣りスポットになっているようだ。

防波堤の上は風が強かった。磯の匂いが増し、頬や髪に貼り付くような湿った風になる。

しばらく歩くと、今度は「転落注意」という標識があった。こちらも新しい。でも、その足下には古い標識が折れた跡がくっきり残っている。津波で折れてしまった上に、同じものを設置したんだろう。

千葉さんは「これこれ！」と標識を指さして立ち止まった。

「ここの近くにね、いたよ。赤いキャップ被ったお爺ちゃん。あっちの方に体向けて、釣り竿をびゅんって振ってた」

千葉さんはそこまで言って、目元をくしゃっと歪《ゆが》ませた。朗らかで元気だった声が、絞り出すような高いものに変わる。

「あの日の、二時過ぎくらいだったと思うよ」

三浦さんを見つめて、洟《はな》を啜るように吐息をこぼす。

「ちょうど、送迎してた利用者のお婆ちゃんと、天気の話をしてたの。あの日は、午前中は晴れてたんだけど、午後から曇ってきて、雪が降りそうでさ。お婆ちゃんが、『こんな日に釣りなんてして、寒くないんかねえ』って、赤いキャップのお爺ちゃんを見上げて言ったの」

赤いキャップを被って釣りをしていたのが、必ずしも雅司さんとは限らない。でも、この場所は菊地さんが教えてくれた釣り場とも合致していた。

「ごめんね。じっくり見たわけでも、話しかけたわけでもないし……写真を見ても確証はないんだけど、何かの助けになればと思って」

申し訳なさそうに肩を落とす千葉さんに、三浦さんは何も返さなかった。うな垂れた彼の前髪を、海風が持ち上げる。その背中が微かに震えたように見えた。

「それは、多分、祖父だと思います」

掠れた声に、千葉さんが安堵したように「だといいね」と頷く。

「祖父を見ていてくださって、覚えていてくださって、ありがとうございました」

深々と頭を下げた三浦さんに、千葉さんはふっと笑顔を取り戻した。「いいの、いいの！お互い様だから」と両手を腰にやる。

「それにね、あの日は珍しく、若い男の子が防波堤の上にいたから、余計に印象的だったのよ」

目を細めて、千葉さんはそう言った。確かに、間違いなく、確実に、言った。

「スケッチブックか何かを持っててね、赤いキャップのお爺ちゃんを絵に描いてたみたい。そんなのなかなか見ないじゃない？」

千葉さんの指が、僕を指さす。「多分、あなたくらいの年齢の子が……」と言いかけた彼女に、僕は大きく息を吸った。これでもかというくらい、吸った。

「菅原先輩だ！」

鋭利な刃物を、胸に突き立てられた気分だった。

「その二人が……菅原先輩と、雅司さんだったんだ」

菅原先輩の名前に、藍先輩の体が、跳ねた。彼女の細い喉の奥から、悲鳴が聞こえた。三浦さんの旅の目的を聞いてから続く僕の嫌な予感は、これを感知していたのかもしれない。

「あんな寒い中で絵を描くなんて、菅原先輩しか、いない」

間違いなく、どうしようもなく、その若い男の子は菅原晋也だ。僕にはわかる。あの人の後輩だった僕には、わかってしまう。

きっと、藍先輩も同じ。あの人を好きだった藍先輩だから、わかってしまう。

説明をしないと。そう思うのに、言葉が見つからない。藍先輩は能面のような顔をしたまま、ずっと自分の爪先を睨みつけていた。三浦さんと千葉さんが困った様子で互いの顔を見合っている。

頭上で、カモメが鳴いた。

「僕達にも、いるんです。ずっと行方不明の、知り合いが」

それ以上は、やっぱり言葉が続かなかった。二人はすぐに察してくれた。千葉さんは唇を引き結び、「そう……」と深く頷く。

「私は、絵を描いてた子の方が印象に残っててね。たまに思い出してたの。あの子達、無事に逃げられたのかなって」

藍先輩が息を吸う音がした。吐き出す音がした。僕はゆっくり目を閉じた。カモメの鳴き声と、防波堤で波が砕ける音が重なった。五年前に聞いた、何もかも引きずり込もうとする禍々《まがまが》しい音を、思い出す。

千葉さんは一人帰っていった。午後からまた訪問しなければならない家があるのだという。

僕達はここを去る気分になれず、防波堤に等間隔に並んで腰掛けて海を眺めていた。

三浦さんは口を利かなかった。お祖父さんが最期に見ていた景色を、脳なのか胸なのか瞼《まぶた》の裏なのかに、焼き付けている。自然と、僕と藍先輩も同じようにした。足下で波が砕ける。高さ的にも飛沫が届くはずないのに、足首のあたりがくすぐったかった。

「連絡しないとだよね」

ぽつりと、藍先輩が言う。この日が来たら、彼女は泣くんじゃないかと思っていた。でも、先輩の表情は凪いでいた。拍子抜けしたとでも言いたげな目で、沖合を睨んでいる。

「菅原のご両親に、あいつがここにいた可能性がある、って」

「……そうですね」

菅原先輩は、行方不明になった半年後に死亡届が出された。彼は法律上はすでに死んだ人間だ。それでも、五年前の三月十一日にここにいたことは、両親には伝えなければならない。望まれていようと、いなかろうと。それが、知ってしまった人間の使命だ。

「死んだって、理解してるんだ」

次に声を上げたのは、三浦さんだった。両足を海に向かって投げ出すようにして、快晴の空に立ち上る雲をぼんやり見上げている。

「なのに、〈もしかしたら〉って感情は、どれだけ小さくなっても胸の奥にずっとある。周りがどんどん死亡届を出して区切りをつけていく中、いつまでも〈もしかしたら〉って思っていられなくなる」

死亡届を出さないでいると、行方不明者としてずっと捜索され続ける。いろんな人の手を煩《わずら》わせる。だから、最後は身内で〈この人はもう死んだ〉ということにする。最後に手を下すのは家族だ。雅司さんも、菅原先輩も、そうやって死んだ。

「ところが、お葬式が終わっても、まだ思ってるんですよねえ、〈もしかしたら〉って」

あはは、と笑いながら、藍先輩が三浦さんの言葉を引き継ぐ。

「でも、私は今日、ほんの少し、あいつは死んだんだって気持ちに近づいた気がします」

九十九パーセントが、九十九・一パーセントになっただけのことかもしれない。永遠に百パーセントなんてこないのかもしれない。

三人でどれくらいそうしていたか、よくわからない。誰かが立ち上がったのをきっかけに駐車場まで戻り、藍先輩の運転で三浦さんの泊まる宿へ向かった。

カーナビが役に立たなくなった町を、盛り土の中にぽつんと小さなコンビニがたたずむ町を、ブロックのおもちゃのように崩れたままの水門に臨む町を、プレハブ商店街で夏祭りが開催されている町を、走った。

三浦さんを宿で降ろした後、藍先輩は僕を家まで送ってくれた。車中では何の話もしなかった。

帰宅すると、夕飯は素麺でいいかと母さんに聞かれた。「いいよ」とだけ答えて、二階に上がった。一日閉め切っていた自室は蒸し暑く、うんざりしながら窓を開けた。

自室の窓から見下ろす町は、盛り土と更地ばかりなのに、夏を感じさせた。津波に攫《さら》われた土地を、夏の緑がささやかに飲み込んでいく。壊滅した町が作り直されていく。

そんな町が嫌いだった。まるでジオラマを見ているようだった。何もかも嘘のように感じられて、その度に菅原先輩が死んだことを思い出す。

だから、町を出た。菅原先輩の死から逃げた。お盆休みが終わったら、僕は再び東京へ逃げる。しばらく帰ってくる気にはなれない。藍先輩とも、また年単位で会わなくなるだろう。

ところが、その日の夜、藍先輩から電話が来た。

*

バレンタインと言えばクラスメイトの女子がくれる義理チョコ（と呼んでいいのかすら危うい）しか経験のなかった僕だったが、高校生になってもそれは変わらなかった。中学時代は誰かがクラスの女子を代表して「みんなからだよ」と手渡してくれたものだが、高校に進学したら登校時に机の上にチロルチョコがぽつんと置かれているという、実に省エネな義理チョコになった。

放課後の美術室で、小腹が空いたからチロルチョコを口に放り込む。義理チョコは一分ともたず溶けて消えた。短いバレンタインだったなと感慨にふけっていたら、同じ部の二年生の先輩が「バレンタインをやろう」と僕のイーゼルの受台に透明な袋に入ったチョコレート菓子を置いた。

「美術部の女子みんなからだよ、喜べ喜べ」

市販のお菓子を何人かで持ち寄って、個別にラッピングしたみたいだ。僕は大袈裟《おおげさ》に「わあ！」と驚いてみせた。

「ありがとうございます。ホワイトデーにちゃんとお返ししますんで」

むしろそれが狙いなのだろうか、美術室にいた部員が揃って「よろしくぅ」と僕に手を振る。これはちゃんとお返しを考えておかないと後が怖いなと、内心苦笑いをした。

そんなとき、美術室の戸を開けて藍先輩が現れた。

「久しぶり～。みんな元気してる？」

センター試験が終わってから、三年生は自由登校期間に入り学校に姿を見せなくなった。どうやら今日は登校日だったらしい。

藍先輩は「進路が決まった連中は朝から夕方まで作文書かされるんだよ？　最悪だよねえ」なんて愚痴りながら、いつも陣取っていたテーブルに鞄を置く。

ファスナーを開けたと思ったら、英字がプリントされた可愛らしい小袋が、いくつもいくつも出てくる。それを見た女子部員達が黄色い声を上げた。

「進路決まったし、暇だから手作りしちゃったよ」

英字がプリントされていない面は透明になっていて、中にはチョコレートブラウニーが入っていた。口の部分を白い星の形のシールで留めてある。藍先輩がそれを一つ一つ配り、最後に僕のもとに来た。

「はい、宗平にも」

差し出されたブラウニーに、まさかもらえると思っていなかったふうを装って、大袈裟に驚いた。イーゼルの受台にあったチョコレート菓子を見て、藍先輩は「モテモテじゃん」と肩を揺らした。

「美味しく焼けたから、味わって食べてね」

「了解です」

チョコレート菓子とブラウニーの袋を、鞄にしまい込んだときだった。がらがらと音を立てて、菅原先輩がやってきたのは。

「バレンタインに菅原先輩が来てやったぞ」

ははは。と笑う菅原先輩に、美術部の女子達が「ちゃんと用意してありますよ」と、僕がもらったのと同じ包みを渡す。先輩は「さすが俺の後輩だ」とご機嫌で受け取った。

「バレンタインを登校日にしてくれるんだから、学校も空気読んでくれたんかね」

なんて言いながら、先輩は僕のところへ来る。「いいだろ」とチョコレートを見せられたから、「僕ももらいましたよ」と鞄から同じものを出してやった。

「なんだ、俺だけ特別扱いじゃないのかよ」

窓辺に鞄を置き、菅原先輩は僕がデッサンしようとしていたガラス瓶と布のモチーフに視線をやる。そんな彼に、藍先輩が音もなく微笑んだのを僕は見逃さなかった。

「ほれ、菅原にもやろう」

仰々しくブラウニーの入った袋を摘《つ》まみ上げ、藍先輩は菅原先輩に差し出す。菅原先輩の視線がモチーフから藍先輩に移る。その一連の動きが、怖いほどゆっくりに感じられた。

菅原先輩のブラウニーが入った袋は、黄色い星のシールで留められていた。

「え、やったあ。さすが本郷」

片手でひょいとブラウニーを受け取った彼は、笑った。笑ったのに、口角を上げたその横顔が、困っているように見えてしまう。

そして、あろうことか菅原先輩は、綺麗にラッピングされた袋を無造作に開け、ブラウニーを一口で食べてしまった。肉まんでも頬張るみたいに大仰に咀嚼《そしやく》し、あっという間に飲み込んでしまう。

彼にだけ与えられた黄色い星のシールは、端っこが欠けてしまっていた。

「美味い、ありがとう」

そうとだけ言って、彼の目は再びモチーフに戻ってしまう。

藍先輩は、彼にバレンタインのチョコレートをあげるために、僕や他の部員の分のブラウニーを焼いた。一番綺麗に焼けたブラウニーの、一番綺麗に粉砂糖がかかった部分を、菅原先輩のためにラッピングしたに違いない。

違いない。

「あ」

藍先輩は表情を変えず、むしろどこかおどけた様子で僕と菅原先輩を見た。

「女子と後輩の宗平はいいけど、菅原はホワイトデーのお返し、ちゃんとちょうだいね。結構作るの大変だったんだから」

ホワイトデーは、卒業式の後だ。これで藍先輩は、卒業式後に菅原先輩と会う口実ができる、というわけだ。

「俺、ホワイトデーの頃はこっちにいないかもよ」

菅原先輩は、そんな残酷なことを言う。軽快に言ってのけたが、とうの藍先輩が言葉を失ったのが僕にはわかった。菅原先輩だって、きっと気づいているはずだ。

「……え、菅原、そんなに早く引っ越すの？」

「わかんないけど」

とぼけて、はぐらかして、菅原先輩は後輩からもらったチョコレート菓子にも手を伸ばす。ひょい、ひょいとアーモンドチョコやクッキーを口に入れる彼の横顔を、張り倒してやりたかった。

でも、藍先輩は「わかんないって何だ」「ていうか、来月引っ越すならもう物件探しとかしてないとまずくない？」などと、気に留めていないふうを貫いている。

二人が、気が済むまでとことんやり合って、どういう形になるにしろ、納得して卒業していけばいい、と僕は思っている。

僕は、二人のいる放課後の美術室が好きだった。二人が高校を卒業したら失われてしまうと寂しく思いながらも、形を変えてこの放課後のような時間が、断片的でもいいから続いていけばいいと願っていた。

藍先輩もそうだったのかもしれない。菅原先輩も、そうだったのかもしれない。

それは、叶わなかったけれど。

*

昨日、三人で並んで腰掛けていた防波堤に、藍先輩はいた。三浦さんまでいたのは予想外だった。まるで昨日をおさらいするように、彼は海の彼方に視線をやっている。

「どうしたんですか」

電話口で藍先輩は用件を話してくれなかった。ただ、ここに来いとだけ僕に命じた。

「昨日ね、解散した後に、もう一度千葉さんに会ってきたの」

僕と対峙した藍先輩は、僕が「どうしてですか?」と聞くのを待っているようだった。だから、聞かなかった。

ここに来ると決めたときから、何が起こるかは覚悟している。

「ねえ、あんた、あの日、菅原と一緒にいたんじゃないの?」

三浦さんが視線だけを僕に寄こした。彼もこれから何が起こるのか、藍先輩が何をするつもりなのか、わかっているようだ。

「私ね、宗平がずっと嘘をついてる気がしてたの。五年前のこと」

「どうしてですか」

よかった。声は震えていなかった。

「あんた、学校に携帯を取りに行こうとして、学校の側で地震に遭ったって言ってたじゃない。津波警報が聞こえたから、近くにあったビルに逃げたって。なんで、山の上に建つ学校を目指さなかったの。あのへんにいた人、みんな学校を目指して逃げたはずなのに、なんであんたは流れに乗って一緒に逃げなかったの？　あんたには、真っ直ぐ学校に逃げられない理由があったんでしょ」

パニックを起こしていたのだ。正常な判断なんてできなかったのだ。足がすくんで、逃げられなかった。藍先輩と同じ疑問を持った母さんには、そう説明した。

「昨日今日の話じゃない。五年前からずっと、宗平は何かを隠してるんだなって思ってた」

「僕も、藍先輩は勘づいてるんだろうなと思ってましたよ」

だから、先輩には会いたくなかったのだ。会ったら、すべてが明らかになってしまう。先輩が気づかなくても、僕は自らすすんですべてを紐解いてしまう予感がした。

もしかしたら、三浦さんを手伝うのに僕を巻き込んだのも、藍先輩の策略だったのだろうか。行方不明の身内を捜す三浦さんの横で、僕に五年分の疑問の答えをさらけ出してほしかったのだろうか。

「でも、僕の行動に嘘があったとして、どうして菅原先輩と一緒にいたことになるんですか？」

自分から火の中に飛び込むように、聞いた。喉の奥から笑い声が込み上げてきてしまう。

「昨日、千葉さんが言ってたから。『あの子達、無事に逃げられたのかな』って」

ああ、やっぱり。

「菅原先輩ならともかく、三浦さんのお祖父さんを指して〈あの子達〉というのは変です。そうなると、菅原先輩くらいの年齢の人間がもう一人いた、という可能性がありますよね」

藍先輩はわざわざ千葉さんを訪ね、確かめたのだろう。そして、千葉さんは言ったのだろう。あそこには若い男の子が二人いた、と。

私は釣りをするお爺さんと、二人の男の子を見たの、と。

昨日、千葉さんが僕を指さし、「多分、あなたくらいの年齢の……」と言いかけたとき、すべてが終わったと思った。「あなたも一緒にいたよね?」と言われるんじゃないかと、「あなたくらいの年齢の子が二人いたよ」と言われるのではないかと、肝を冷やした。

僕は秘密を暴かれるのが怖いのだと思い知った。反射的に「菅原先輩だ」と声に出してしまった。

「あと、あんたがいきなり三浦さんのお祖父さんのことを、〈雅司さん〉って下の名前で呼んだからだよ」

千葉さんは、三浦さんのお祖父さんの名前が「雅司」だとまでは知らないはずだと、咄嗟に考えた。僕が言った「菅原先輩と、雅司さんだったんだ」という言葉に、彼女はそこにいた二人の男の子が「スガワラ」と「マサジ」だと思い込んでくれた。

「そうですよ」

頷かなかった。藍先輩の目を見据えたまま、ただ彼女の疑問を肯定した。

「僕は、二〇一一年三月十一日の十四時四十六分に、菅原先輩と、ここにいました」

先ほどまで聞こえていたカモメの鳴き声も、波の砕ける音も、どうしてだか聞こえない。確かにしているはずなのに、聞こえない。

*

菅原先輩からメールが来たのは、昼過ぎだった。漁港の側の防波堤にいるから遊びにおいで、というものだった。寒いし、曇っていて雪が降りそうだし、無視してもよかった。

でも卒業式以来顔を合わせておらず、もしかしたらこのまま何年も会うことはないのかもしれないと思ったら、僕は通学に使っている原付バイクのカギを引っ摑んでいた。

漁港に着く頃には、寒さで頬がちりちりと痛かった。時刻は午後二時を過ぎていた。駐車場に原付を停めて防波堤をうろうろしていると、赤いキャップを被ったお爺さんが探り釣りをしていた。

その傍《かたわ》らに屈《かが》み込む、クロッキー帳を抱えた菅原先輩を見つけた。

「何やってるんですか」

遙々やってきた僕に気づいた菅原先輩は、「おお、よく来た」と赤くなった頬を擦った。鉛筆を持った右手に、はあっと息を吹きかけ、クロッキー帳をお爺さんに見せる。そこには、釣りをするお爺さんの姿が描かれていた。

「どうです？　いい感じでしょ？」

赤いキャップを被り直したお爺さんは、「絵のことはよくわからん」と首を横に振った。でも、ぶっきらぼうな声色に比べ、表情は穏やかだった。

菅原先輩はお爺さんと二、三言葉を交わし、立ち上がる。「雅司さん、ありがとうございました」と、初対面のはずのお爺さんにフレンドリーに一礼する。頭上を飛ぶカモメを手持ち無沙汰に眺めていた僕に、笑いかけた。

「行くか」

先輩は防波堤を歩いていく。聞こえるように溜め息をついて、あとをついていった。

防波堤を進むと、漁港を囲むように海に突き出した場所に出る。釣り客が何人か投げ釣りをしていた。菅原先輩はずんずんと歩いていき、防波堤の尖端《せんたん》に辿り着いた。

春というには寒々しい海に囲まれた場所は、ますます寒かった。海風が鋭利だ。体の末端から、体温が奪われていく。首に巻いたマフラーを、僕は口元までぐいと持ち上げた。

「来たはいいが、寒すぎていよいよ指の感覚がない」

困り顔で笑う先輩に、僕は「えええ……」と眉を寄せた。

「先輩、絵を描いて回ってるんですか？」

風に煽《あお》られ、ばさばさとページがめくれるクロッキー帳には、いくつもの絵があった。春休み中、町のいたるところの風景を切り取って、絵にしていたのだろうか。

「大学での授業のために、たくさん描いておこうってことですか？」

「いや、上京前に、自分の地元をたくさん描いておこうと思っただけ。俺が行く大学、海なんて見えない場所だから、今のうちにいっぱい描いておこうかなって」

まさか、先輩がそんなセンチメンタルな性格をしているわけがない。

「どうせ、東京に行ったら行ったで、地元のことなんてすぐ忘れちゃうでしょ、先輩は」

「酷いなあ、宗平は。そんなに薄情な先輩に見えるか？」

「見えますよ」

一瞬、言おうかどうか迷った。遠くでカモメの鳴き声が聞こえて、言ってしまえ、という気分になった。

「藍先輩のこと、いいんですか？　このままで」

菅原先輩は、真っ白な紙に鉛筆を置き、ふふっと笑った。僕の言葉を鼻で笑った。かじかんだ彼の右手は、動かない。

「宗平はさあ、俺のこと、他人の気持ちを大事にしない薄情な奴だと思ってるだろうけど、罪悪感くらい覚えるんだよ、これでもさ」

赤い指先が、鉛筆で線を引く。

「お前が買ってきてくれた学業成就のお守りを美術室に忘れたときも、酷いなあ、俺、って思ったし。卒業式に後輩からもらった花束をどうして置いて帰ろうとしたのか、自分でもわからない。ああ、また大事にできなかったなーって、罪悪感でいっぱいになる」

「別に、先輩が申し訳なく思っていることは理解してますよ。それでも懲《こ》りずに忘れちゃうもんだから、呆《あき》れちゃうだけで」

菅原先輩が美大のＡＯ入試のために描いた絵のテーマを、美術部の顧問の早坂先生と検討したことがあった。あの絵には、自分の悪癖に対する後悔と後ろめたさ、いつか自分の周りから人がいなくなるかもしれないという、ささやかな恐怖が描かれていたように思う。

本人に直接確認することは、一生できないだろうけど。

「別にさ、普通の家庭で普通に育ったと思うんだよ。親の教育とか家庭環境の問題じゃなくて、もともとそういう性分なんだろうな」

自分が引いた線が気に食わなかったのか、先輩は肩を落としてクロッキー帳を閉じた。鉛筆を、コートのポケットにしまう。

鉛のような冷たい色をした海を背に、僕に笑いかける。

「俺は、人間として器が小さすぎるんだよ。だから、すぐキャパオーバーを起こしちゃって、大事なものが体の外に追い出される。そんなの本郷に悪いだろ」

——ああ、それは。

それは。

「それって、藍先輩が好きってことじゃないですか」

大事にしたいけど、大事にできなかったら悲しいから、最初から大事にしない、ということじゃないか。

菅原先輩は答えなかった。曖昧《あいまい》に笑ったと思ったら、いつも通り飄々と「さあ、どうでしょう」とおどけてみせる。

「それを僕に言ってどうするんですか。どうして、僕を呼び出したんですか」

どうせ呼び出すなら、藍先輩にすればよかったのに。同じ話を、そっくりそのまま藍先輩にすればいい。あとは二人で勝手にしろ。

「宗平、俺に言いたいことがある顔をしてたから。言わないで俺が上京したら、もやもやするんじゃないかと思って」

「僕のため、だって言うんですか？」

その気遣いを、藍先輩にすればいいだろ。

「優しい先輩だろ？」

本当にこの人は、残酷な性格をしている。

「優しくなんかないですよ。ばーか」

馬鹿と言ったら、鼻の奥がツンとした。菅原先輩はそれに気づいているのか、気づいていないのか、気づいているくせに無視しているのか、「酷いなあ」と笑った。

そのときだった。

そのときだったのだ。

遠くから唸り声のような低い音が聞こえて、足下から重苦しい何かが這《は》い上がってきた。

体の中を撫で回されるような気持ち悪さに、その場で膝をついた。この感覚には覚えがあった。一昨日、授業中に震度五弱の地震があった。あれだ。あれと同じだ。

気づいたときには、岸壁に打ち寄せる波が形を変えていた。防波堤の尖端で、波が蠢くように渦を作る。海底の砂が巻き上げられ、あたりが茶色く濁っていく。

「宗平、座ってろ!」

立ち上がろうとした僕を先輩が制した。防波堤に沿って立つ電柱が左右に揺れて、電線が今にも千切れそうで、僕はただ地面に這いつくばって揺れが収まるのを待った。

近くで同じようにしている菅原先輩のコートのポケットから、鉛筆が転がり落ちた。遠くで何かが崩れる音がして、反射的に目を閉じる。再び開いたときには、鉛筆はどこかに行ってしまっていた。

長い揺れだった。一昨日の地震とは比較にならないほどだった。やっと立ち上がることができても、揺れているのか自分の感覚がおかしいのか判断ができなかった。

遠くに見える家々が土煙に霞んで見えて、事の重大さを認識した。

「す、すごかったですね……」

町を囲む山から白い煙が上がっていた。「え、火事?」と勝手に声が出る。先輩が「たぶん、スギ花粉」と、呆《ほう》けたような顔で言った。

でも、防波堤の一部に亀裂が走っているのを見て、我に返った。直後、サイレンが聞こえた。耳の奥に突き刺さる鋭い音が、断続的に町中に響き渡る。危険を知らせる音なのに、逃げろと警告する音なのに、足がすくんで動かなくなる。

「逃げるぞ」

菅原先輩に腕を摑まれた。反対の手で持ったクロッキー帳の表紙が歪んでいた。

「津波が来る」と言って、先輩は走り出す。

おもちゃのブロックが上下にずれてしまったように、防波堤はいたるところが崩れていた。幸い、這ってよじ登れる高さだった。ゆっくりゆっくり、慎重に、でも急いで逃げた。

途中、沖に避難する漁船とすれ違った。エンジン音を轟《とどろ》かせて、何隻もの船が港を出ていく。そんなに大きな津波が来るのだろうか。津波の警報も注意報も、出たところでいつもたいしたことなかったのに。

目の前を海が流れていく。海が沖に向かって川のように流れていく。引き波だ。津波が来る。これからここに津波が来る。

なんとか防波堤を降りて、原付を停めた駐車場まで行った。他の釣り人が、軽トラやワゴン車で続々と避難する。防波堤の尖端にいた僕達は、最後だった。

「学校行くぞ」

菅原先輩に言われるがまま、僕はヘルメットを被った。手が震えていて、ベルトが留められなかった。構わず原付を走らせた。

いつも通り走らせたつもりなのに、経験したことのないスピードが出た。背後で先輩が僕の名を呼んだが、スピードは緩まらない。

そして僕は、駐車場を出たところで歩道を走ってきた自転車に衝突した。乗っていた人は自転車ごと吹っ飛び、赤いキャップが僕の目の前を舞った。僕の被っていたヘルメットは、椿の花が散るみたいにぼとりと落ちた。

転倒した僕の側で、菅原先輩が原付を停めた。僕を見て、僕が撥《は》ねてしまった——先ほど先輩が絵に描いていたお爺さんを見て、頬を痙攣《けいれん》させた。見たことのない顔だった。

「宗平、救急車！」

先輩がお爺さんに駆け寄る。道路には釣り具が散乱していた。

「救急車！」

菅原先輩の怒鳴り声に、コートのポケットから携帯を出す。あれ、救急車って何番だっけと、指が動かなくなる。再び先輩が「一一九番！」と怒鳴った。

携帯を耳に押し当てる。自分が撥ねてしまったお爺さんを、見た。頭、頬に血が見えた。左足が変な方向に曲がっているよう気がする。先輩が頬を叩いて声をかけている。「あー」とか「うー」と、か細い唸り声が聞こえる。

「せんぱい、つながらないです……」

接続音はするのに、コール音が続かない。何度かけ直しても同じだった。どれだけ強くボタンを押しても、画面に表示された「１１９」を睨みつけても、同じだった。

「繋がらないです……！」

叫んだ瞬間、救急車の音がした。そんなに離れてはいない。少し先の幹線道路のあたりを、救急車が走っている。遠くに火事の煙も見える。あのあたりに行けば、少なくとも消防隊か救急隊がいる。

菅原先輩も、同じ方向を見ていた。

「僕、行ってきます！」

僕が撥ねてしまった。僕が怪我をさせてしまった。だから、僕が動かないといけない。携帯をポケットにしまったら、手の震えは止まっていた。

「頼んだ」

菅原先輩が頷く。僕は防波堤沿いの道を、火事の煙に向かって走った。道路はひび割れていたが、幸い、電柱が倒れたり建物が倒壊しているわけではなかった。

ところが、幹線道路に出た途端に景色が変わった。来るときは人通りの多くなかった道を、車が埋め尽くしている。クラクションの音が響き、救急車のサイレンはもう聞こえなかった。津波警報の音は、鳴り止まない。

事故です。怪我人がいます。誰か助けてください。

声を上げても、掻き消されてしまう。近くにあった車のドアを叩いて助けを求めたが、前方を指さして「いいから早く逃げろ」と言われるだけだった。

防災無線が聞こえる。津波が来る。高台に避難しろ。繰り返されるアナウンスを、誰かの声が遮る。「救急車！　救急車！」と叫んでいる。幹線道路の先の交差点で、トラックと乗用車が対面事故を起こしている。ただでさえ渋滞している道は、事故のせいで車列が立ち往生していた。クラクション音に罵声が混じるようになり、ついには、ガコン、ガコンと、車同士がぶつかる音が聞こえ始めた。前の車を押し分けて無理矢理前に進もうとしたり、渋滞を抜けようと歩道に乗り上げる車が現れだした。

いつの間にか小雨が降っていた。小さく冷たい粒が、頬を掠め、唇を濡らした。

「津波だ！」

そう聞こえて振り返ったら、僕が走ってきた道の先――防波堤を、どす黒い色をした波が乗り越えた。灰色に濁った飛沫を上げ、アスファルトに叩きつける。

目の前の車に乗っていた人が、車を捨てて走って避難し始めた。悲鳴と怒号を押し潰し、地響きのような音が迫ってくる。大きな白い漁船が津波と共に防波堤を越え、信号と標識をなぎ倒した。

普段は深い青色をしているはずの海は、黒かった。磯の匂いがしない。鼻の穴を塞ぐような異臭が、黒い水と共に僕に手を伸ばした。

走って避難していた男性に、「早く逃げろ！」と背中を叩かれた。そこからは、見ているものの、聞いているもの、すべてが断片的だった。

人の流れにもまれるようにして、気がついたら五階建ての建物に逃げ込んでいた。二階と三階はあっという間に浸水し、四階まで非常階段を駆け上がった。

菅原先輩とお爺さんがいた場所はとっくに見えなくなっていた。黒い海に飲まれ、二人がいたあたりには渦ができていた。瓦礫と、港から流れてきた漁具が、ぐるぐるぐるぐる、ぐるぐるぐるぐる……渦を作っていた。

非常階段の手すりを握り締め、何度も叫ぼうとした。菅原先輩の名前を呼ぼうとした。呼べば、どこかから返事が聞こえてくるんじゃないか。例えばあの建物、あの建物、あそこの建物。どこかにお爺さんと一緒に避難して、無事でいるんじゃないか。

小雨はいつの間にか氷の粒に姿を変えた。流される車のクラクションが、断末魔の叫びみたいに四方から響く。誰かが「地獄だな、こりゃあ」と呟いた。

助けてとこちらに手を伸ばしながら、流れていく人がいた。助けられた人もいた。その何十倍も、助けられなかった人がいた。

呼べなかった。僕は先輩の名前を呼べなかった。

一緒に避難した人々と夜を明かした。深夜、暗闇の向こうで、瓦礫から立ち上る炎が爆《は》ぜる音と、人の呻《うめ》き声が聞こえた。ビルに避難した人達は、その声に向かって「頑張れー！」と声をかけ続けたけれど、夜が明ける頃には何も聞こえなくなった。

津波が引いてから、高台にある学校に避難した。瓦礫で地面が見えなかった。誰かの家を踏み、誰かの思い出の品を踏み、誰かの遺体を踏みつけて、避難した。

菅原先輩はいなかった。どこの避難所にもいなかった。

東京オリンピックの開催が決まっても、大きな地震や洪水が他の場所で発生しても、悲しい事件や痛ましい事故が日本中で起こっても、菅原先輩は帰ってこない。

遺体すら、見つからない。

＊

「どうして言わなかったの」

藍先輩は、漁港の駐車場を見ていた。ここからも、僕が雅司さんを撥ねた場所がよく見える。駐車場のアスファルトは残っているものの、当時とは様子が変わってしまった。僕と菅原先輩が地震に遭遇した防波堤の尖端は、津波によって大破したままになっている。

「どうしてでしょうね」

言うタイミングは、言うべきタイミングは、いくらでもあった。避難所で母さんと再会したとき。クラスメイトや担任と再会したとき。藍先輩と再会したとき。菅原先輩の両親が遺体収容所を回っていると知ったとき。僕は言わなくてはいけなかった。誰よりも僕自身が、それを理解していた。

「藍先輩こそ、僕が嘘をついてるって思ってたなら、どうしてもっと早く聞かなかったんですか」

「宗平のお父さんが津波で亡くなってたから」

すり切れそうな声で呟いた先輩に、僕は口の端っこだけで笑った。父さんが生きていたら、僕は自分のしでかしてしまったことを告白できたのだろうか。母さんが仏壇の前で毎晩泣いていなかったら、言えたのだろうか。

僕は原付でお爺さんを撥ねました。菅原先輩は、その人と一緒に津波に飲まれました。何度も何度も言おうとして、言葉は喉まで出かかって、いつも消えてしまう。僕はそんな自分が理解できなくて、許せなかった。

そのくせ、遺体が見つかっただけ、家族の元に帰ってこられただけ、父さんは幸せだ。なんて思ってしまう自分が、五年間、ずっと許せなかった。

「僕が人を撥ねた。僕は何の罪にも問われてなくて、しかもそのせいで二人は死んだ。それを藍先輩に知られたくなかった」

散らかった胸の内を探し回れば、確かにそういう感情があった。僕のせいで菅原先輩が死んだと藍先輩に知られたくなかった。動機がそれだけなら楽だったのに。どうも僕の心の中には、それ以外のものがたくさん積み上がっていた。

藍先輩、母さん、死んでしまった父さん、友達、自分の将来、まだ出会ってすらいないどこかの誰か……いろんなものが見える。わからないのだ。僕にも、僕が菅原先輩の死を葬《ほうむ》った理由が解明できない。

「でも、三浦さんのお祖父さんの写真を見て、ついにこの日が来たと思って、ずっと覚悟してたんです」

藍先輩の車で雅司さんの写真を見たとき、裁きの順番が回ってきたのだと思った。僕は藍先輩と三浦さんに裁かれる。あの日の僕達を目撃していた千葉さんがあっさり見つかったのも、きっと神様か何かが帳尻を合わせたんだ。

「誰だって、自分が犯した悪いことは、隠したいって思うじゃないですか。だから黙ってたんですよ。二人の親族が、知り合いがどれだけ悲しもうと苦しもうと、僕は僕が無事ならそれでよかったんだ」

そう言えば、藍先輩は怒ると思った。三浦さんが怒ると思った。殴って蹴って罵倒して叱責して、警察でも家族でも学校でも、とにかく衆人環視の中に引き摺り出して、僕を断罪してくれる。

きっと僕は、それを五年間待っていた。自分で自分を断罪できない僕は、誰かの裁きを待っていた。

「僕が二人を殺しました」

言葉を研ぎ澄まして研ぎ澄まして、どんどん酷い言葉にしていく。僕が二人を見捨てました。そのせいで二人は津波に飲まれました——なのに、藍先輩も三浦さんも僕に殴りかかってこない。泣いて責め立てもしない。先輩は肩を落として僕から目を逸らし、三浦さんは僕に背を向けた。一歩、二歩、コンクリートを踵で打ち鳴らしながら離れていく。

「糞っ！」

足下に向かって、三浦さんは叫んだ。糞、糞、糞。左足をコンクリートに叩きつけながら、何度も吐き捨てた。

「許さないよ」

顔を上げた三浦さんは、僕を見なかった。自分の祖父を飲み込んだ海を、赤く充血した目で睨みつけていた。違う、あなたが睨むべきは僕だ。そう思うのに、彼は僕を見ない。

「でも、祖父ちゃんが死んだんだってわかったことに、どうしても感謝しちまうんだ」

掌で目元を覆って、三浦さんは一度だけ洟を啜った。

「なんで……」

思わず、そう声に出してしまった。どうして責めてくれないんだと、批難するような言い方になってしまった。

「仕方ないじゃない」

ずっと黙っていた藍先輩がやっと僕を見た。

「普段なら駄目なことでも、あの日あったことなら、仕方ないじゃない」

藍先輩の声は事務的だった。職場で会議でもしているような声で、表情で、「仕方がない」と言った。僕のしでかしてしまったことを、「どうしようもなかったこと」みたいに言わないでくれと、摑みかかりたかった。

あの日は、車で避難をした人が多かった。避難中に車ごと津波の被害に遭った人もいた。交通事故だって発生していたはずなのに、事故は数件しか発表されていない。事故現場も、事故車両も、証拠も痕跡も、すべて津波が飲み込んでしまった。今更、事故にも事件にもできない。

そういう報道を、自分で調べて、何度も見た。同じニュースを何度も何度も、暗記してしまうくらい、夢に出るくらい、見た。時には声に出して読んだ。ふざけるなと呪いながら、お経でも読み上げるように。

「事故だったなんて、僕の嘘かもしれないでしょ」

仕方なくなんかない。どうしようもなくなんかない。菅原先輩と雅司さんは確かに、僕のせいで死んだんだ。

「もしくは、もしくは妄想なのかもしれない。言い逃れしたくて、都合よく事実をねじ曲げてるのかもしれない」

藍先輩も三浦さんも、どうしてそう思わない。藍先輩はどうして僕をそんな可哀想なものを見るような目で見ている。三浦さんは、どうして酷く寂しそうな顔で目を閉じている。

「邪魔だから撥ねたんだ。菅原先輩はお人好しだから、助けようとしたから死んだんだ。僕は端から自分だけ逃げようとしたんだ」

そうだ、きっと、そうだった。

「菅原先輩の遺体が見つかったら、あのお爺さんの遺体が見つかるかもしれない。もしかしたら、遺体から僕の事故が明るみに出るかもしれない。父さんが死んで悲しんでる母さんが余計に悲しむかもしれない。そんな身勝手なことを考えて、誰にも言わなかったんだ」

本当に、自分を守りたかったのだろうか。母さんをこれ以上悲しませたくなかったのだろうか。わからない。今更何が本当だったかなんて、わからない。

「それでいいよ」

藍先輩が僕の言葉を遮る。悲しい目をしているのに、口は笑っている。風が吹いて彼女の髪が揺れると、また表情が変わる。目は穏やかになり、口は真一文字に結ばれる。風が吹く。また変わる。

でも、彼女は僕を怒らない。

「宗平がそう言うなら、それでいいよ。本当のことなんて今更なんだっていいよ」

九十九・一パーセントだった菅原先輩の死が百パーセントになった。藍先輩はまるでそれが清々しいかのように、僕に微笑んでみせる。

「私、今日は〈もしかしたら〉を捨てるためにここに来たんだ。すり切れてすり切れて、なのに破れないでずーっとずーっと頭の片隅にある〈もしかしたら〉って奇跡を振り払うために、来たんだよ。別に宗平を責めたくて来たんじゃない」

彼女はそう言って、親指の腹で目尻を拭った。それだけだった。涙を流さなかった。

カモメの鳴き声が聞こえた。波が砕ける音がした。海風が町に向かって吹いていく。更地と盛り土の合間で人間の営みが蘇りつつある故郷に、磯の香りを運ぶ。

「……菅原先輩は、最後まで三浦さんのお祖父さんを助けようとしたのかな」

雅司さんを担いで、避難しようとしただろうか。それとも、さっさと見捨てて一人で逃げようとして、間に合わなかったのだろうか。

「夢に出てくる菅原先輩は、いつもいつも、最後まで、三浦さんのお祖父さんを担いで、一緒に逃げようとしてるんだ」

そんな先輩をどす黒い波が飲み込み……彼は、瓦礫に押し潰されて見えなくなる。

「仕方がないだろ」

海を睨みつけたままの三浦さんが、藍先輩と同じことを言う。

「遺された人間っていうのは、いなくなった人間をどんどん美化していっちゃうもんだ」

何かが込み上げてくる感覚がするのに、涙が出てこない。堪《たま》らず目を閉じた。それでも痛みは引かない。両の掌で顔を覆うと、あの日の小雨を思い出した。肌を焼くような太陽光が消え、菅原先輩の赤くかじかんだ指先が暗闇に浮かんだ。先輩のコートのポケットから、鉛筆が転がり落ちたのも。

足下がぐにゃりと歪んで、誰かに肩を突き飛ばされたような感覚がした。目を開けると視界が大きくひしゃげ、僕は防波堤から投げ出されていた。

ゆっくり、ゆっくり、僕は海に落ちた。

目の前を真っ白な泡が覆い、潮の香りと海水の冷たさに四肢が強ばった。あの日の海とは正反対の、青く澄んだ海面を僕は見上げていた。太陽の揺らめきが海中からもよく見えた。

仕方がないと言いながら、藍先輩は、三浦さんは、僕を許せなかったんだろう。どちらかが僕を海に突き落としたんだろう。

なら、このまま沈んでしまおう。海の底で、菅原先輩と雅司さんが僕を地獄に突き落とそうと待っているかもしれない。

そう思ったのに、次の瞬間には頭上でドボンと重たい音がして、大量の泡が海中を舞った。泡の中から三浦さんが姿を現して、僕は自分の勘違いに気づいた。藍先輩の声がした。僕の名を呼ぶ声がした。僕を突き落としたのは、僕自身だった。

三浦さんが僕の腕を摑む。そのまま、海面を目指す。僕の体はふわりと浮き上がる。

菅原先輩、あなたは死の間際に、僕を恨みましたか。僕を後輩として可愛がっていたことを後悔しましたか。藍先輩の顔を思い浮かべましたか。彼女がいて僕がいたあの放課後の美術室が、一瞬でも蘇りましたか。

今も、僕を恨んでいますか。

穏やかで飄々としている割に、残酷な性格をしている人だった。だからあの人は「さあ、どうでしょう」と笑うのだろう。

最終話　禱《いのり》

「何百年後には、こういう弔《とむら》いが生まれてそうですよね」

近くで熊手を握っていた鶉橋千明《うずはしちあき》が、唐突にそんなことを呟いた。ザラザラとした波音に紛れることなく、はっきり聞こえた。胸の内がぽろっと出てしまったのか、自分の言葉に驚いて目を丸くしていた。

でも、俺はそれを聞き逃すことができなかった。

「どういう意味ですか」

海から一際冷たい風が吹いてきて、浜の砂を巻き上げた。分厚い軍手をした指先に、ネックウォーマーで覆った首筋に、長靴を履いた足首に、三月の風が染みる。

でも、砂浜を熊手やスコップでさらう人々は、悲鳴も、「寒いねえ」という声すらも、誰一人発さなかった。

そんな中、耳たぶを真っ赤にした鶉橋は、困り顔で肩を竦《すく》めた。後頭部で凜《りん》とひとまとめにされた黒髪が、風になびいて大きく揺れる。

「どういう、意味ですか」

二度目の問いに、彼女は「すいません」と苦笑いする。

「こうやって、三月十一日がくるたびに砂浜を掘り返して故人を捜索することですよ。何十年、何百年とやっていたら、いつの間にかこういう弔いの儀式になってるんじゃないかなと、ふと思って」

彼女とは、一年前の今日、この時間、この場所で、同じように熊手を持って一緒に作業した。その前の年も、さらに前の年も。

三月十一日。東日本大震災があったこの日に、行方不明者の捜索を浜辺で行う。このあたりの地域を中心に活動するＮＰＯ法人が、震災の翌年にスタートさせた活動だった。ボランティアスタッフと行方不明者の家族、有志の人間が集まり、五十人ほどで浜辺を捜索する。

「なるほど、確かに、そうかもしれないですね」

乾いた砂に熊手を差し込みながら、俺は笑い混じりに頷いていた。サクッと小気味のいい音を立て、砂浜に細い線が無数に走る。乾いた砂の下で眠る、ほのかに湿った砂の粒が顔を出す。小石や貝殻の欠片《かけら》が、ゆらゆらと揺れながら顔を出す。

貝殻だとわかっているが、念のため手で摘《つ》まみ上げる。軍手の布地に引っかかる感触は、間違いなく貝だった。それをよーく確かめてから、砂に戻した。

「何が見つかるわけでもないし、この行為そのものが、墓参りみたいな感じがしますからね」

鶉橋も何か見つけたのか、わざわざ軍手を外して砂に触れていた。そちらも貝殻か小石だったらしく、ふふっと笑いながら立ち上がる。腰をトントンと拳で叩いて、再び軍手をする。

「私、大学時代に文学部で民俗学の勉強をしてたんです。だから、毎年こうやって捜索活動をしてると、百年後はどうなってるのかなって考えるんですよね」

凍てつく浜辺を黙々と掘り返したところで、何も見つからない。俺が参加するようになって十年以上になるが、遺留品や遺骨が発見されたことなど一度もなかった。

それでも、不思議なことに参加者は減らない。むしろ、震災から十年以上がたった頃、少しずつ増え始めた。

去年一緒に作業をした初老の男性は、熊手で砂を掻きながら「これくらいしないとね、忘れちゃいそうだから」と笑っていた。

彼女の言う百年後の弔いというのも、こういう行為が少しずつ形を変えながら生まれていくのかもしれない。

「俺も、今更祖父の骨が見つかるとは思ってないですし」

「ですよね」

鶉橋だって、きっと同じ。彼女が捜している人の遺骨が、都合よくこの浜に打ち上げられ、都合よく誰かに見つけてもらえるなんて、そんな可能性は限りなくゼロに近い。

でも、どうしてだか、三月十一日の捜索をやめることができない。やめるきっかけやタイミングはいくらでもあった。祖父の七回忌や十三回忌のとき、結婚をしたとき、子供が産まれたとき。

なのに、やめなかった。

何百、何千回と掘り返された砂浜を熊手でさらうのは、最早これが儀式のようなものになってしまったからに違いない。

墓参りをしたり、仏壇に手を合わせたり、線香をあげたりするのと同じ。きめ細かな白い砂を掘ることで、故人を偲《しの》ぼうとしている。遺体すら見つからなかったあの人に、こうやって会いにいく。

海の底へ消えてしまった人々が、ここにいるような気がするから。

海に臨む堤防に人が集まり出した。第一回から捜索活動に参加している男性が手を止め、

「そろそろ行きましょうか」と周囲に声をかけた。

熊手やスコップを浜に置き、巨大な堤防を上った。震災後にできた十メートル近い防潮堤は、不思議と作られた当時のまま白く美しい。無機質で、素っ気ない。

階段を上れば、あの日海に飲まれた町がそこにある。でも決して同じ町ではない。何年もかけてかさ上げされた土地に、俺が幼い頃たった半年を過ごした町の面影はなかった。かつての営みは高台に移され、震災遺構として保存されることが決まったいくつかの建物と、堤防と同じくらい若々しい幹線道路が走る。そんな殺風景な景色だ。

もう意地でも何もなくさない。そんな決意が滲《にじ》む、新しい町の姿だった。

「綺麗になりましたよね」

俺と同じ方向を見つめながら、鶚橋は砂のついた手をはたいた。「綺麗さっぱり」の〈綺麗〉なのか、「美しくなった」の〈綺麗〉なのか。

ただ、祖父の見た最期の景色を探し求めてこの町を右往左往していた頃に比べると、盛り土が草木で覆われただけ、確かに「綺麗になった」と思えた。

今年の三月十一日は快晴だった。海の底みたいな濃い色の空だった。春の海は透明度が高く、陽の光を受けた海面が緩やかに光る。細かなビーズを散りばめたような、賑《にぎ》やかな輝きだ。海からの詫びか何かなんだろうか。

黙禱《もくとう》するために堤防に集まった人々の中に、見知った顔がいくつかあった。去年、「年々今の若い子の考えてることがわからなくなります」と笑っていた四十代の高校教師の男性が、小さく会釈をしてくれた。

「フェルメールみたいな青ですね」

彼は空を指さし、そう言って笑った。なるほど、フェルメール。少ない知識を総動員して、俺は再び空を見上げた。

あれから十五年以上がたった。三月十一日に砂浜で行方不明者の捜索を行い、午後二時四十六分に海に向かって黙禱を捧げる。それが年に一度の行事として当たり前のものになる頃には、菅原晋也《すがわらしんや》という少年に随分と詳しくなっていた。

最初は、彼の後輩と、彼の同級生だった人間から。あるときは、彼のおかげで会食恐怖症を受け入れられるようになったという、珍しい苗字を持つ女性から。あるときは、彼を美術部で指導していたという教師から。あるときは、彼の美術部での先輩だったという子供連れの母親と、その親友の女性から。あるときは、彼と美大の同期生になるはずだった人から。

彼らだけじゃない。いろんな人が、あの日いなくなってしまった彼について話してくれた。ほとんどが他愛もない話だった。大きな事件や騒動が起こるわけでもなく、誰かの人生を劇的に変えたわけでもなく。でも、そんな吹けば飛ぶような日常の中に、菅原晋也という人間の生きた日々は織り込まれている。

三月十一日を迎えるたび、少しずつ菅原晋也に詳しくなる。きっとこれからも詳しくなっていく。何かを喪《うしな》った者同士が、この日を共通項にして繋がり合い、見ず知らずの——出会うことなく一生を終えるはずだった彼のことを知る。

彼はもうこの世にいないのに、彼について詳しくなっていく。

これもまた、弔いなのかもしれない。菅原晋也をよく知る人々にとっての弔いであり、菅原晋也を知らない俺にとってもまた弔いだ。大切な誰かへの祈りが重なり合って、見ず知らずの誰かへの祈りになる。

「もうすぐですね」

隣で鶉橋が腕時計を見下ろした。俺は軍手を外し、赤くかじかんだ掌《てのひら》に息を吹きかけた。白く染まった息は、あっという間に海風に掻き消された。

誰が合図をするわけでもなく、堤防に集まった人々は両手を合わせる。目を閉じ、風の音と波の音に耳を澄ませる。

両の掌をすり合わせ、ゆっくり、目を閉じる。耳の奥で風が轟《とどろ》いた。誰かがケラケラと笑っているようだった。

海の底にいるあなたに、あなた達に。

ただ、安らかに、と祈る。

本書は、『放課後探偵団2』所収の「願わくば海の底で」を改稿の上第五話とし、書き下ろしの第一話から第四話、最終話を加えた作品です。

願《ねが》わくば海《うみ》の底《そこ》で

2025年2月21日　初版

著者
額賀《ぬかが》 澪《みお》

装画
カチナツミ

装幀
岡本歌織（next door design）

発行者
渋谷健太郎

発行所
株式会社東京創元社
〒162-0814 東京都新宿区新小川町1-5
03-3268-8231（代）
https://www.tsogen.co.jp

組版
キャップス

印刷
萩原印刷

製本
加藤製本

　ISBN978-4-488-02920-3　C0093